第四卷

北漂詩篇

师力斌 安琪 主编

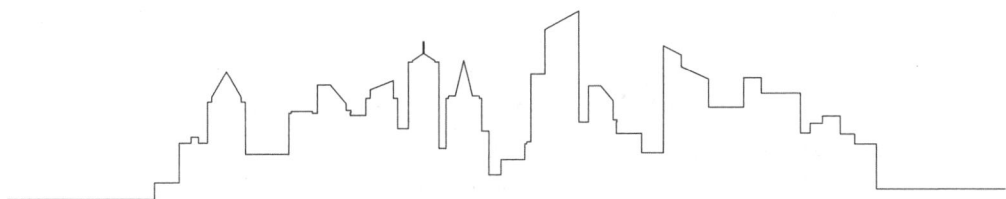

中国言实出版社

图书在版编目（CIP）数据

北漂诗篇. 第四卷 / 师力斌, 安琪主编. -- 北京：
中国言实出版社, 2021.3
ISBN 978-7-5171-1639-4

Ⅰ.①北… Ⅱ.①师… ②安… Ⅲ.①诗集—中国—
当代 Ⅳ.① I227

中国版本图书馆 CIP 数据核字（2021）第 044385 号

出 版 人　王昕朋
责任编辑　崔文婷
责任校对　史会美
封面题字　师力斌
内文插画　安　琪

出版发行　中国言实出版社
　　　　　地　　址：北京市朝阳区北苑路 180 号加利大厦 5 号楼 105 室
　　　　　邮　　编：100101
　　　　　编辑部：北京市海淀区花园路 6 号院 B 座 6 层
　　　　　邮　　编：100088
　　　　　电　　话：64924853（总编室）　64924716（发行部）
　　　　　网　　址：www.zgyscbs.cn
　　　　　E-mail：zgyscbs@263.net
经　　销　新华书店
印　　刷　北京温林源印刷有限公司
版　　次　2021 年 5 月第 1 版　　2021 年 5 月第 1 次印刷
规　　格　710 毫米 × 1000 毫米　　1/16　　21.75 印张
字　　数　300 千字
定　　价　68.00 元　　ISBN 978-7-5171-1639-4

代序｜结识北漂诗歌，他人即是我的可能

师力斌

第四次与安琪合编《北漂诗篇》，为北漂诗歌卖力，很开心，也很荣幸。首先要感谢中国言实出版社王昕朋先生对这一品牌的鼎力支持，感谢出版社诸君的辛苦劳作，也要感谢热情关注、宣传和帮助《北漂诗篇》的媒体和社会各界朋友。

北漂诗歌是言难尽的。因为，时事在变，新人辈出，前三部诗选出现过的老北漂难以忘怀，一波接一波的新北漂，浪涌至眼前，激起我大海般的言说冲动。日久生情，编得多了，对北漂诗歌、北漂诗人便有了特殊的感情，特殊的期待。如果说，前三部诗篇，我还站在岸上，隔岸观海，到第四部，则蹚到水里，身在其中，萌生了割不断的情愫。其实，自己何尝不是一个漂泊者呢？想读老北漂诗人的新作，读老巢、安琪、潇潇、李茶、娜仁琪琪格、邢昊、孙恒、许多、张小云、刘不伟，想了解北漂老水手们的新思新想。想知道有哪些新来的年轻人，看看他们初来乍到的陌生与朝气，以及初生牛犊不怕虎的劲头，特别是看看，有无带来拍击堤岸卷起千堆雪百堆雪或十堆雪的诗歌浪头。

有点操心的意思。并非出于高尚，反倒源于某种自私的心理，源于一种越来越强烈的认知：他人即是我的可能。A 的尴尬可能是我的尴尬，B 的冷漠可能是我的冷漠，C、D 的焦虑可能是我的焦虑，E、F 的改变可能是我的改变。我已经养成了流行歌曲《牵手》意义上的北漂阅读习惯：快乐着你的快乐，悲伤着你的悲伤，爱着你的爱，梦着你的梦。读到下面这些诗句时，尤其感觉如此："巨大都市里 / 没人在意你活得是否惬意 / 金风未动蝉先觉 / 只有保洁们才关心 / 街树的落叶"（刘晓峰《五道口》）。"他说，为了生存，他学会了候鸟的本事 / 每年在乡村与城市之间，春去冬回"（项见闻《他说》）。"我坐在暖气未至的屋里 / 泛起一线哀伤 / 不为寒冷，仅为听见风的孤独 / 那是一种不被理解的 / 庞大的，歇斯底里又认命的 / 孤独"（金泽香《孤独》）。身处喧嚣纷繁的都市，诸事烦恼，身心破碎，诗中的许多情绪伤我动我。比如，花语《更多时候》写出了常想获得的身心宁静："想要保持自我的完整 /

不被打碎 / 不接受过滤和搅拌 / 一个人，就是最好的摆放"；开车在城里奔波，坚果《车流》写出了疲惫不堪的动荡感："很多年都将车流误作河流 / 在东三环的起伏动荡中 / 水滴以八十迈的时速倾泻 / 人这一生就裹挟其中 // 不是一时 / 是每时每刻。"人流巨大，交通拥堵，长征和历险般的上下班，会碰到无数难以想象的奇迹。如果读王邦定《下班的路上》你能不动容，我就推你为铁人：

> 西四环，从北向南
> 右车道一男子
> 贴心抱着周岁模样的婴儿
> 单手开车
> 看着，看着
> 我泪流满面
>
> 那年，开始北漂
> 那年，孩子成了留守儿童

还有许多诗作，令我感触，如宋醉发《民工兄弟》，吴有《只有你》，又如李占刚《感恩于聆听》的静思之美，叶匡政《对话》自我反思力度："我对自己说：你 / 才是我渴望穿透的黑暗！"

北漂诗歌汇聚了诸种生活的情绪典型，是他人的，也是我的。我无意反驳"他人即地狱"观念，也不敢轻言理解别人的内心，但仍然想表达社会关系的另一个面向，那就是，在一个现代性框架下日益私人化、原子化、圈子化的城市语境中，北漂诗歌突破了僵硬的人际界限和社会区隔，越过水泥六环，冲出高楼平房车站仓库地下室，从首都四面八方来到我身边，带给我生命信息和人生启悟。强烈处，刺眼感、蜂蜇感如此切近，仿佛亲历。北漂诗歌的光和刺总能触发我将肉比肉，将心比心。

孤独、焦虑、困惑、挣扎是北漂诗歌的高频词，但我绝不认为是他们的专利。我自己也有。同时鼓舞我的，信念、梦想、光亮、飞翔也是北漂诗歌不可分割的关键词。不少诗作包含着普遍的社会关怀，超越一己之思。一些忧患之作，虽无大庇天下寒士的高蹈境界，但也不失推己及人的宽阔情怀；一些梦想的坚守，朴素真诚，又无不散发着民间朝气蓬勃的绚丽光彩。冯朝军《微信里一片洁白》写出了雪的丰富性，也表达了我心底的某种愿望："打开微信，见老板刚刚发出 / 一张雪的图片。同事们和活在这座城市的 / 朋友们 / 不约而同，都贴出了雪 / 不同的是：/ 有的雪在楼顶上车盖上，有的雪在茫茫的郊外 / 有的雪那么逼仄，只是墙和窗子之间一小块白……/——我信这拥挤的地铁 / 每个人都怀着一片雪，只待我们相识。"袁丰亮《清晨的光亮》借麻雀的羽翅写出环卫工人的光亮："我看到，早起的路途 / 又

多了一种绚美 / 麻雀张开的翅膀 / 飞高了 / 飞起，又落入凡间的树上。"罗佐欧《分钟寺》则呈现北漂人积极乐观的一面，仿佛让我看到世俗生活中活着的儒家精神："此时此刻，我所能感受到的美 / 是看见自己在这片不断拆迁的凌乱废墟上 / 仅剩的几所公寓里每天安然地起居。/ 是被这座巨大的城市和它的人群淹没后 / 内心依然充盈着私密的爱、回忆和渴望。"1985年生的青青，2009 年开始北漂，认为北漂"就是摒弃一切怀疑，在残酷的生存环境下坚持梦想并为之奋斗的精神，是心怀美好的憧憬和向往"。更可爱者，甚至从历史上的北漂人物中寻找一种积极的精神支援："都说齐白石是最牛的北漂 / 五十多岁才开始北漂 / 北漂了四十年 / 名满京华 // 向您学习 / 齐老北漂。"（艾若《北漂》）打心底里想为这种北漂精神点赞。

北漂诗人各有各的经验，无法统而言之，但在言之有物、触及生命的层面上，精确细致详尽地写出了特有的共性体验，描绘了流动时代群体性的精神地图，被媒体称为诗歌版的"北京志"，越来越体现出它在当代诗歌史上独一无二的美学和社会学价值。冯骥才先生在一篇文章中曾说，人民的经历，才是时代的经历。我认为，此言也适于北漂诗歌。这些诗作，或摄取日常生活的某个场景，或捕捉内心活动的某个瞬间，或宣泄思想情感的某种波动，虽然千差万别，但都不乏某种特有的公共性，某种我们曾看到的，听到的，或想象过的。李荼《公交车》记录了新冠肺炎疫情期间的出行体验："因为疫情 / 公交车里只坐了几个人 // 风，像生命扑进来 / 我们都觉得，我们只活了自己的一半 / 另一半，不知去哪了。"星汉《火车》的交通感受更具广泛性："我不知道自己 / 要用掉多少时间 / 不断地买票 / 不断地换乘 / 才能完成一生的旅程。"

平凡而又闪光的诗句，背后都站着一个活生生的诗人，他们抵抗着都市的格式化，力图保持自我的主体性，而这正是我们脚下这座城市的活力源泉。一位网友曾跟我说，你看到的北漂诗人只是冰山一角。谁又能说清水面下的北漂者有多少呢。

他人即是我的可能。我常想，假如自己没有考研，没有工作，没有结婚，或者在北京的种种际遇有哪怕一点点改变，我很可能成为无户口意义上的北漂一族。而在心理上，我自觉早就属于北漂，漂泊感如影随形。这促使我关注北漂诗人的诗生活。很多北漂者将诗作为生活支撑。安琪是北漂诗歌的热情倡导者和参与者。我关注北漂诗歌是在她的启发和感召下。老巢、潇潇、娜仁琪琪格、花语等一大批资深北漂诗人，是北漂诗界知名的活动家和组织者。还有一大批诗歌的铁粉。七月友小虎靠卖诗集为生。阿琪阿钰曾在宋庄开了一家诗歌专卖书店。前两部诗选都选了他的诗作，今年，我希望看到他的新作，然而没有。奔波的命运逼迫他继续奔波。他成了新的一位流浪诗人。北京来过许多流浪诗人，他们特立独行，甚至行为怪异，被常人视为异类。但他们我行我素，不为所动。陪伴和支撑他们的只有诗歌。于这些潦倒的北漂诗人而言，诗歌是他们的饭、酒、床、屋子或者伴侣。有时候，我看纪录频道动物世界的种种，寻找食物，争夺领地，求偶异性，喂养后代，那种特性和心理，与人类简直一般无二。我日渐理解了万物皆同的理念。风中娇艳的桃花就是人面。路上倒毙的动物就是人类。被狮虎猛兽撕咬的牛羊就是弱小的草根。在变幻莫测、力量无边的世界面前，又有何种事物能坚固不移？恰恰是漂逼出了人的本真。在我看来，北漂诗人所记录的种种生活面相，非但不是与己无关，反倒是自我的种种可能。那种奔波在路上的感慨，如此生动，真诚，贴近，我不能不说话。

北漂诗歌不为诗歌而生，但却为诗歌带来新生。北漂诗歌也不完美，有许多不尽人意的地方。比如，与20世纪90年代早期的北漂诗歌相比，理想主义色彩淡化，社会宏大视野萎缩，讨生计成为主打题材。小农趣味、小资情调或多或少制约北漂诗歌的历史想象力。都想过自己的小日子，都想象高楼大厦间的四合院，路灯灯杆旁的向日葵，甚至停车场里蓄绵羊。这样的生活想象，很可能削弱北漂诗歌的思想力量。这或许是时代付出的代价吧。但我相信，北漂诗歌是有活力、有后劲的，未来会更好。祝福北漂诗歌，祝福北漂诗人。

2020 年 12 月 30 日于和平门

目录

附录

后记 | 最具力量和诗意的部分

辑一

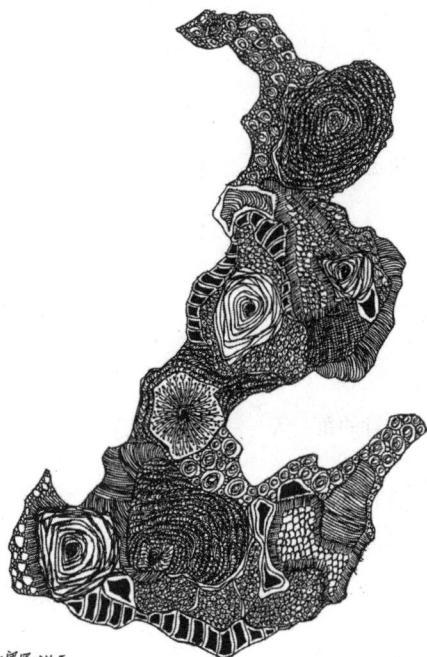

巴塞罗那的雨
安棋 2020-3-30

且努力活得更好（四首）

七月友小虎

仍在疫情期

行人稀缺
随时把空荡延长
这是必须要面对的时刻

疫情未了
我的出现实属无奈

站在通州万达
一贯人流最密集的步行街上
能开的小吃店均已开放
再好的美食就是
无人光顾

何况是我的诗
写得再好，也不能解决温饱

且努力活得更好

七月的热是我
必须接受和忠于的

我无限忠于让我汗流浃背的每一天
夜里再痒也上了瘾
上了瘾的失眠——我看着天光入睡
这必将又热起来的一天迫使我
不得不爬起身来

不得不想这样的一天要做的事

疫情期疫情后
在这暑热的七月，我只能

固守在宋庄的阵地上
爱上每一个挣扎在地摊里的人

我且努力挣扎活得更好

我想要的状态

阳光很好，今天的风很轻
我静静地坐着仰望
天蓝得很透
是纯粹的，我静静地想
无须过多地修饰

我不抽烟的时候
是我最安静的时候
今天的风很安静
深秋的阳光是温暖的

在 798
在郝俪画廊对面
我情愿就这么一直
安静下去，一直保持我
想要的状态

被我绑架的一天

我想绑架这一天
这最后的一天归我所有
阳光，外面只有零度以下的风
和我抬头就能看到的
窗外的那棵光秃的大树
都要成为我的帮凶
北寺庄村
是我的作案现场
只要这一天
能留下这一首诗，寒风里
明媚的阳光就可以让
窗外的那棵大树
更具有震撼力

这最后的一天在我的视线里
就再也跑不掉了，至少
它已被我定格在
北寺庄村寒冷而明媚的阳光下

　　七月友小虎，本名李源，1986 年生于广西。2018 第二次北漂，现居北京宋庄。一个靠写诗、卖诗为生且以此来实现自身价值的职业诗人。

诗歌-个树枝形状的字母
安琪 2020-3-20

出入证（五首）

徐书遐

这个下午，我在北京

这个下午，我在北京，开着冷气，
看《托马斯·温茨洛瓦诗选》。
此时哈尔滨，天鹅翅膀下凉爽的微风，
她的羽毛掀动，
一大片芦苇穗摇晃；
天鹅飞起来，
我随着那一小片阴影向远处去。

歌吟一样的温茨洛瓦的诗句，
带着思乡和漂泊的痛楚，
落向下午平静的水，
水边大雁，山羊草，蓼吊子花。
越过灼热，
向故乡的胸脯贴过去，
她的微风，把我一篮子生涩的词，吹开。

白玉兰

大朵的白玉兰，
惊讶她开满整棵树。
我一个异乡人，
迟滞地领受，并把春天
由身体传递出去。

夜淹过了皮肤，
我跳不起来。水淹没了肩膀。
一树白玉兰在窗外，
似乎看我，似乎她走出晨昏。
摸她冰凉的花瓣，
世界在这儿。

出入证

没有女儿小区的出入证，
必须扫码。
手机冻没电了，
看着女儿牵着孩子进入小区，
她们回头后走远。
身旁的迎春花在冷风里开。

忽然害怕，
有一天，女儿和孩子在小区、街市，
淹没在人群里，
我因没有出入证，
留在空旷的、开着陌生的花的地方，
它叫天堂。

一夜的雨，摇落槐花

一夜的雨还在下，
摇落一地槐花。
心里刚刚猛烈地下过雨。
门前的河打出蘑菇般的小水泡，
像没发生什么似的流去。
我也依然买回桃子、嫩玉米，
母亲那样把玉米和南瓜放到锅里，
仿佛生活热气腾腾。

雨水里的槐花，
淡绿玉白，一如在树上，
之后慢慢灰暗。槐树没有低头。
生命的真实揉进体内。
撑开伞，雨中氤氲的绿如同音乐配诗的美。

漂泊的心像海

漂泊的心像海，每天冲击着岸，
却望着岸远去。
她灵魂的花园，飞出鸟，
绕海鸣叫。

悬挂的果子皮肤暗红，开始皱，
天空空的，大地在眼前。
她孤单，冷，
日光邈远，很快落下去。

候鸟们热热的翅膀过去，
植物的种子落了地。
她望着地平线，
等待出现什么。

徐书遐，黑龙江省木兰县人，现居北京。中国作家协会会员。作品散见于《诗刊》《人民文学》《星星诗刊》等多种刊物。有作品收入各种选本。出版诗集《水罐里的早晨》《飘荡的橡树》。

半不见堂的祁少园
宋琪 2020-3-15

一滴雨（五首）

项建新

深井

老家村口
有一口老井
夜晚来临
我在井边静坐

我突然看见
黑咕隆咚的深井里
映出了一轮圆月

哦就连光明
有时也会被锁进
黑暗里

我的母亲

我的母亲
生有三个儿子
长大后分居三地
大哥在县城二哥在上海
我则在北京

母亲在村里居住时
我知道
她天天想着我和二哥

后来母亲随我在北京常住
我知道
她又多么想我大哥和二哥

如今母亲随二哥去上海居住了
我也知道

她会多么想我和大哥

母亲平生有两个愿望
一个是希望儿子们有出息
一个是希望天天能看着儿子们

可是母亲
儿子们都长大了
再也回不去小时候了
您再也不能同时实现
您的这两个愿望了

说话

刚出生的孩子
都携带着外星球的语言
来到了地球上

他们在地球上
学会了地球的语言
忘记了原星球的语言

这时候
大人们发现
这个孩子会说话了

一滴雨

一滴雨
从天而降
滴落在我身上

我感知到
这滴雨是
身着霞帔
驾五彩祥云
穿越时空而来

亿万年来
这滴雨曾经
滴在壮志满怀的帝王身上
滴在醉酒哀怨的贵妃身上
滴在誓死拼杀的将军身上
滴在辛苦劳作的农夫身上
滴在天真嬉戏的孩童身上
······

今天
这滴雨
滴落在了我身上

小银鱼

我在超市里
看见了他们
他们被晒成了鱼干
包装在塑料袋里

我估计他们的母亲
还在大海里寻找他们
而我已经把他们买回了家
还油炸了他们

我看着碗里的油炸小银鱼
想着这些小银鱼的一生
他们还这么小
就失踪了　死亡了
他们的母亲不知道他们的死活
我也不知道他们母亲的死活
就这样
小银鱼的尸体辗转到了各地

想着这些的时候
我夹起了他们
送进了嘴里

项建新，笔名沐雨、瘦蝉等，男，1976 年 5 月生，1999 年开始北漂。现为"为你诵读""全民 K 诗""朗读者""校园诵读""方音诵读"等诵读 APP 创始人兼总编辑。中国诗歌诵读艺术节组委会主任。著有文集《在路上》《重返村庄》《炊烟记忆》《新写实主义》等。北漂感言：不能忘了初心，也不能忘了诗和远方！

庄子
安琪 2020-5-1

有晨光的林荫道（三首）

刘不伟

南茶坊雪夜醉卧
　　——诗赠赵卡

我就是那个被大雪扑倒的人
绵软里跌得
头破血流
内伤有多重
屈辱就有多深

左手攥满风声
右手抓不住一丝反光

酒后的燥热
与雪无关
有一种冷
穿透帽衫
在体内嗖嗖呼号

跌倒成匍匐行进的姿势
方向在掩盖中无迹可寻
黑色羽绒服是雪地里唯一的反对票
我，反对我自己

吐出的酒在地下通道里尖叫
出租车扬长而去
咔嚓咔嚓的脚步声中
我，逃离我自己

十三岁那年的失重
头重脚轻
爬起来已垂垂老矣
举枪瞄准
静候

我是我自己的狙击手

有晨光的林荫道

骑电动车穿过大学西路
远山含浓黛巷子的树荫
左右抱拢
景深镜头一样幽深
起雾了
不多不少的雾气
正好适合我的虚构
不抒情
也没有隐喻
昨天的第七颗松果横在路上
急刹车的轮胎黑迹
是我恍惚的证据
我以为进入巷子就进入了
返回子宫的路
回到我的来处
卢经理不这么认为
卢经理在高高的山上
在松柏之下
先咿咿呀呀吊了吊嗓子
以浓香型的腔调断言
老刘啊你听我说
有光就有可能
此路适合摄影师一镜到底
必须双机拍摄
推上去拉开
移动移动
特写
升降车轨道车大摇臂全来
同期录音跟上
此路钻天入地
此路通往星辰大海

遛早

凌晨三点十五分

满都海公园
芍药们拳头一样紧攥着的花苞
支棱着
层叠展开

垂杨柳怒气冲冲
大团大团柳絮相互碰撞
轻盈的力度撞散又一次的暮春

花香是野蛮的
柳絮充满危险

咔啦咔啦
那个手盘狮子头核桃
遛鸟的老汉正
闭目养神
我走过去
弯腰
贴着他肥硕的耳朵
用刀片割擦玻璃的声音
低低耳语
鸟人，把鸟都放了
让它们
飞

刘不伟，本名刘伟，1969 年 10 月生于辽宁鞍山，祖籍辽宁辽阳。诗人，影视编导。现
供职于作家网。

以我的身体为雪命名（四首）

徐蓓

昨夜有雪

昨夜，水上繁华的街道
一街穿过千年的暖灯
我们在水面上
交谈　行走　吃饭
水的背面悬着一舫画舟飘摇
正有缠绕的戏音最后一声
弯曲缠绵地没入深处
沾染了水底
沉寂已久的寒气
向上翻腾着
落到我们的脚底
脚面盛了
2020 年的第一场雪

我想拥有这场雪

我想拥有这场雪
拥有它的白
纯白锋利如刀锋
柔软如水波

我想拥有这场雪
拥有它的冷
透过皮肤渗进骨骼
带着湿意进入身体

我想拥有这场雪
拥有它的静
万马齐暗的默契
和到达之后沉默的欢喜

我想拥有雪

想要拥有一切美丽的事物
献以热爱　献以崇敬
像敬畏美的神灵

以我的身体为雪命名

呼唤你们！
发上雪、额间雪、手中雪
落到我每一块肌肤吧
血液里没有沸腾的因子
不必担忧灼烧的痛苦
我们是默契的伴侣
相逢的惊喜会让我更加平静
尽情地从我的平静里读取密语
慷慨地在身体里释放上次冻结的记忆
在这个静默的冬夜
一切的欢喜将和你们一起倒流

返乡

从未在别的地方如此清晰地
闻见过身上的泥土气味
血的红色也有不同
有的是红细胞的红
有的是红土地的红
来自南方的潮湿的空气
留下不能痊愈的痛风
北京开始变冷的时候
关节先一步开始返乡
疼痛是刻度清晰的时钟
已是第五个深秋
再存一些热量
就要走往寒冬

徐蓓，1998 年出生于江西上饶，2015 年赴京求学至今。首都师范大学文学学士，中国社会科学院研究生院研究生在读，有评论见《诗刊》，有诗歌入选《北漂诗篇（第三卷）》《中国女诗人诗选 2019 年卷》。北漂感言：越在这里待得久了，心里越生出两个相反的愿望来，一个急于返乡，一个留恋北方，对于北漂更多的想法或许还在以后，现在来说，执着于生活中的感动才是常态。

留一盏灯（四首）

王彬

留一盏灯

这个城市的路空了，店关了
医院成为最繁忙的一角
一城通九省的武汉
看不见硝烟的战争正在进行

当无数人为你把生命举过头顶的时候
举国上下的热血和爱心
已经与你连在了一起
请留一盏灯，在祈祷中迎接希望

到那时，你所钟爱的山河正在春暖花开
希望在盛开的樱花间闪烁
春天，请牵着孩子的手
种花、种草、种春风

最美的人逆行而上

最美的行程是举家团圆的除夕夜
你们的逆行而上
带着亲人的拥抱、期盼奔赴武汉的时候
这场和时间赛跑、和病毒抗争
看不见硝烟的战争
胜利的天平就已经倾斜于人间
这个盛产英雄的城市
底蕴深厚的历史文化在樱花里摇曳

一张张稚嫩的脸
一道道勒痕是和疫情抗争的最好见证
最美的年华遇到最危险的疫情
此刻的你们，是最美的人
所眷顾的大地早已回春

用生命托起灰暗天空下的一抹蓝
春天的思想散落在万物身上
抒写太阳和东风，打开绿色的声音

蝉声是一条回家的路

故乡是个有记忆的词，有疼痛亦有思念
梦里村庄，花和蝴蝶一起共舞
草木悲悯，锁住村庄的寂寞
我是用土豆和野菜喂养大的孩子

盛产五谷的村庄
屋顶瓦片覆盖潮湿的记忆
故乡烟雨，蝉声是一条回家的路
牛，老成故园的一部分

融入母亲的乳汁，藏在父亲臂弯的赵庄
站在我的心上，深入血脉
藏在心间的故乡，谁的泪
还在滋润那片葱郁的苦楝树

对一株麦子顶礼膜拜

一株麦子从远古的陶罐上走来
心里装着千秋沧桑和万代风姿
芒种聆听麦子成熟的声音
好大一颗麦粒，湿润一双期盼的眼
融合了月光蛙鸣的希望
延续的文明和辉煌，饱满着每个人的胃
生活充满无限温暖和感恩

我在汉字里寻找麦子的高度
一株麦子在大地上醒来
对一株麦子顶礼膜拜，歌唱着颂词
对一株麦子顶礼膜拜，拜的是村庄
是千千万万农民的心血和汗水
阳光如此安静
我是一株流浪的麦子，有着粮食的血统
起伏的烟火里，根系留在了故乡

王彬，安徽省作家协会会员，北京市海淀区作家协会理事。有多篇诗歌和散文在《中国艺术报》《中国财经报》《诗歌月刊》《散文诗》《绿风》《中国诗人》等报刊发表，著有诗集《暖一场相逢》。获清华大学出版社举办的"建国七十周年"征文最佳诗歌奖。

诗歌民工（六首）

福建

年轻时我想脱去的故乡
我极力想脱去的故乡，如今还在我身上
并已咬住了我的骨血
我和它曾有的紧张关系
我和它的恩怨，都已被
时间葬送。我悲喜交加
写下：
没有更好的故乡生下我
没有更好的故乡哺育我
也许有
但我已命定属于你
我的第一声啼哭属于你
我的第一次欢笑属于你
我踩出的第一个脚印、写出的第一个汉字
属于你
我爱上的第一个人
我爱上的最后一个人，都属于你。

厦门

日头高照
万花聚集，你一落脚就踩进了深秋
厦门的深秋
迎你以海水和透亮的空气
迎你以血亲。BRT 上，每一个吊带裙女孩
都像是你的女儿：面孔白净
下巴瘦削
双手在手机上快速滑动
眼神专注却不看你一眼
你前世留在此地的种子
你身体中冲出的小母驹

已然长成
日头在前，万花不灭，你骑着海浪来到厦门
深秋的厦门
天空刷满蓝色的油漆
语言的超现实主义者
来到此地。

待会儿

在什刹海边待会儿
流水落花，前朝旧事，难免有点恍惚

在银锭桥上待会儿
来来往往的游人，摩托车嘀嘀嘀嘀一晃而过
故人啊故人
纵使你已转世为风我也认得你

在吉他歌手感伤的弹拨中待会儿
烟袋斜街的新娘
请挽住细眼眯眯新郎的臂膀
祝愿你们这一世同行
再也不分开

在金重旁边待会儿
陌生的朋友，我们在诗歌中相识
我们在绘画中相识
这一刻
你从微信里走下来
你在你青春的北京走走停停
我会陪你
在你曾经青春的北京待会儿

诗歌民工

四个民工
有男有女
秦皇岛回来
北京站合影

四个诗歌民工
一个来自辽宁
一个来自湖南
两个来自福建
从始皇帝入海寻仙的地方上岸
来到北漂的北京梦想之都北京

北京站前
四个民工
无比鲜亮
无比灿烂

不是太阳照着他们
而是他们自带光焰

春天在后面

我又一次来到宋庄
熟悉的口哨、小巷，星星一样密集的灵感
你看
喝醉的人悲伤的人
狂欢的人构成这个下午的局部
我伪装成一首歌混进霓虹闪烁
的新年现场
新年了
宋庄，你好吗
你好吗？为什么我这么喜欢你
我是喜欢你的颓废
还是喜欢你的激情？我是喜欢你的
瞬息万变的情感还是喜欢你
今天不知明天在哪里的生活？
孩子们都有清澈的笑容
宋庄的孩子
总是比别处更美、更艺术
亲爱的朋友
你抱着孩子站在那里
你给了他 / 她一个宋庄的今天
请你再给他 / 她一个宋庄的明天！

为白浮泉枯竭的水写一首诗

有时
词语们会不告而别，离开你
究竟哪个时辰
因何缘故，词语离开你
你不知道
你坐在电脑前
对着空白的屏幕，手放在按键上
却叫不出任何一个字
这些组成诗句的字
就像白浮泉的水，已经干涸
曾经它们从九条龙的龙口
跑出
哇哇喊着
奢侈得用也用不完的水啊
被郭守敬牵出龙山
引入城内
成为大运河北端的源头
多么物有所用的水
不蒸发于提着光焰升落的日头下
也不渗入地底，去浇灌黑暗地母的饥渴
它们
参与了通惠河的建设，帮助漕船
直接驶入积水潭
多么热心肠的水！今天我站立你面前
却见你已无踪
你所栖身其间的白浮泉已成遗址
墙上的诗句
留下了你曾存活人世的证据：
凭虚喷薄泻飞泉，矫矫翔龙出九渊
我想我也要像那个姓崔
名学履的明朝书生，为你写一首诗
哪怕我的灵感已经枯竭
我也要用我枯竭的灵感为你写一首
同病相怜的诗。

安琪，本名黄江嫔，1969年2月生于福建漳州。中国作家协会会员。荣获诗刊社"新世纪十佳青年女诗人"称号。独立或合作主编有《中间代诗全集》《北漂诗篇》《卧夫诗选》。出版有诗集《极地之境》《美学诊所》《万物奔腾》及随笔集《女性主义者笔记》《人间书话》等。北漂感言：2002年12月北漂至京，我的人生便截然分割成前生、今世两部分，一个人把一生活成了两世，这份丰富都在我的诗里体现出来。

不断修补的记忆
安琪 2020-3-18

夜色挤来（四首）

史怀宝

雪原孤寂

雪原孤寂
梦没有尽头
岁月皑皑
杳无你的踪迹

花儿早为记忆
叶子沉沉入泥
沿一串如履薄冰的脚印
披彻骨的北风
一株你曾经路过的树下
看月辉缓缓流淌
听雪花绽放如羽

石像

我的石像
哪个年代站着
遥远的光
从眼前秋天敛过

无人记起我的名字
风也是
看不见某个时代的深秋
万象间我的苹果闪烁

疼痛一点点凿
一块像我的石头
其实谁站在山顶
都会被恐惧和完美
一遍遍打磨

夜色挤来

夜色熄灭灯光
大墙四面八方挤来
一直挤我入梦
疼痛和泪水汇成小河
河中我呼爹唤娘
岸上故乡阳光灿烂
我看见爹娘年轻时的模样

遇见

河流停了
路停了
奔跑的脚步停了
你暗香奔涌

暮色暗了
雨暗了
远方暗了
你挂起一串串灯笼

追赶一条河流
这个无风无月的夜晚
你明眸芬芳
照亮夜幕渐开的情节
遥远的村庄
仲春深处的梦境

你的气息酸酸甜甜
火苗朵朵燃烧整座大山
牧歌与星子一起绽放
只因这个春天最美的遇见

史怀宝，男，山东郓城人。研究生学历。国家一级作家，中国作家协会会员，现为某杂志总编。著有《呼啸山洪》《遍地黄金》《赤脚医生》《谷文昌传》《审计风暴》《忠诚》《梦中的村庄》《痛饮月光》等，作品散见于《文艺报》《诗刊》《中国报告文学》《北京文学》等，代表作长篇小说《审计风暴》多次获得各类文学奖。北漂感言：总觉得离你很近，月亮却那样遥远。总觉得一切都完了，才发现脚下是新的起点。

北京清晨4：04分的鸟语（二首）

张后

一个巨蟹座的下午时光

她的车里放着一枝枯萎的尤加利叶　而杯座上
竟放了一只布狮子　毛茸茸的可爱　摸抚着
异常的柔软　因为她是巨蟹狮子座　结合了巨蟹座的温柔
与狮子座的阳光

她将齐腰的长发染了一下　更黑了
像一匹黑色的绸缎　车里散发着
美好的气息　她要载我去一个　艺术区

仿佛走了很远的路　路旁边不时有　油菜花开
再穿过无数座　树林才到　她说那一条路
被称作这里最美的乡村公路……

一些零散的　工作室都关着门　她说
有个诗人在这里开了　一间书店　但转了转并没有看到
她透过"得步山房"紧闭的门　似乎想窥探　一点什么讯息
又转了一圈后　只有村东头一间咖啡馆营业

于是　一杯咖啡　在等另一杯
咖啡的故事开始了　一个下午　我们就这样
在阳光下　懒洋洋　美好地度过

北京清晨4：04分的鸟语

鸟的叫声　一声比一声清亮　你不醒来
它就一直叫　一直叫到你醒为止　你从酣睡中苏醒
但是你的意识　还没有完全清醒　你不觉得自己
已经醒了　只是假寐着不愿醒来　鸟的叫声
便更入耳了　声声切切

直到你彻底醒了　你在辨别哪一声是雌鸟

哪一声是雄鸟　它仍然叫　一声比一声清亮
一般来说　雌性更嘹亮些　像极了某个女艺人
在某某河边亮嗓……

天蒙蒙地放亮　鸟声更加清越　透彻
我醒了　再也装不得假寐　我踱出房间
径直乘电梯下楼　我来到小区苗圃的　院子里
所有的树木中都落有　很多只鸟　它们过节似的

一只鸟和　另一只鸟在一起叫　比翼齐飞
多好的词啊　最后终是被一些人糟践了　你的和我的

张后，诗人、作家。写过七部诗集、五部长篇小说、三部随笔、九卷访谈录。执导中国
首部以诗人海子为原型的电影《海子传说》、纪录片《中国人的丧礼观》、微电影《无名街
区》《风语者（1、2）》《狗子尬琴》。2016 年创办刊物《访谈家》。现居北京。北漂感言：活
下去才有可能创造此生的奇迹。

春天是·开慢觉
安琪 2020·5·3

无影珍珠与幻影坦克

玛姬

念想在某一瞬间关闭原力，
握不住一缕风。
抓一把，竟是时间的渣子。
原谅我的微信，
将他们的岁月静好贴上黄色标签。
原谅我，
戳穿他们掩耳盗铃的游戏。
在东方的腹地，
选择高山流水和清风明月。
也许是真的悟透了生命，
才会选择日落，
把机会和风险的白日放逐。
而我却是黑夜里迅捷的豹子，
不是因为喜欢黑夜，
仅仅只是为了夺取生命中每一个白日，
看她们一个个盘桓美丽。
多少年……
风的响马纵横世外，
捕蜂的少年，牧云的少女，时间的桥梁，
谷神的炫光伸向现世。
我在辣椒与葡萄酒之间断句，
太阳的顶端垂直竹屋之尖。
不论多少年，你都在年与年之间，
游弋。无影珍珠一个接着一个，
幻影坦克一辆接着一辆，
无情地碾压、变形，
却又在艰难站立的一瞬还原。
生生死死，
死死生生。
一颗一颗的无影珍珠，
一辆一辆的幻影坦克。
我以为诗歌会在地狱火中焚烧殆尽，
残缺的金属人开动机械战车，

罗曼跳出烟火，冰冻月系。

或许，这是一种狂热针织的惩罚；

或许，这是一种冲出黑洞之后增强的免疫力。

鬼影幢幢，玫瑰按键，

无力于风花，不屑于雪月。

漂流，漂流……

有期，无期……

玙姬，诗人，画家，现居北京。主要诗作有长诗《大荒经》《秋天十二章》，诗歌集有《音乐诗》《花语诗》《王与姬》《T型台》《花人星球》《病毒》等，有诗歌入选湖北省高中课程改革指导刊物《高中生学习》以及《2016 中国诗歌排行榜》《湖北诗歌现场》《北漂诗篇》、美国华文诗刊等。

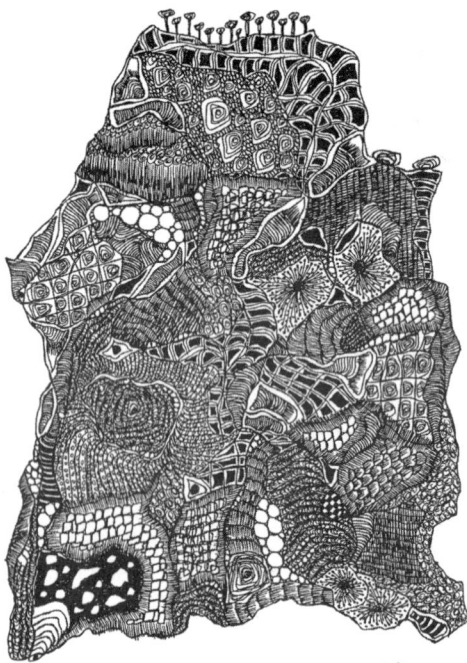

麦子被冻得号啕大哭（四首）

周步

我听到乡村久违了的声音

夜深人静
我听到乡村久违了的声音
前半夜是犬吠，后半夜是鸡叫
那些遗落在乡村的音符，许多年了
音质依然清晰逼真

我还听到牛哞和羊咩
尽管距离遥远，声丝微弱，但我听见了
甚至感受到气韵的律动
这些声音叩击耳鼓，以至今夜
在异地，仿佛听到熟稔的乡音
我竟有些不敢确认

还有虫鸣和鸟唱
还有糜子和谷子在地头相逢
喜极而泣的情深意长
此刻，我突然想起逝去多年的父母
我是他们撒手人寰的风筝……

顺着这些久违了的声音
我仿佛触摸到了农耕时代的汗流浃背
和温暖灿烂的笑容
其实，这些声音就是我们
生命的起始和本源

麦子被冻得号啕大哭

麦子在严冬就上路了
为了赶在夏末秋初，把青黄不接的日子衔接起来
麦子，冒着大雪顶着酷寒
在冷风里待了整整一个冬季

麦子知道生活的艰难
懂得粮食的价值
麦子出生卑微，样子有些土气
他笑起来的时候让我想起多年未曾谋面的
脸膛红扑扑的
邻家的那个孩子

麦子习惯了沉默不语
那时候我在乡下，在寒风刺骨的夜里
我常常听见麦子，被冻得
号啕大哭

甘州的月光

请不要在黄昏的时候推开一扇庄门
请不要随意打破乡村的宁静
请不要招来犬吠，也不要制止鸡叫
请不要修改乡村原始的味道

黄泥小屋是幸福的
那个叫招弟的女人
无非是身子肥美，乳房鼓胀，哺乳期春光乍泄
那在乡间是可以原谅的事情

大地如此安宁
麦香渲染的岁月，温暖直达心灵
我坚信，甘州的月光，胜过其他地方
且富有诗意，不同凡响

那条小溪，噗噗地冒着热气

乍暖还寒的季节，清晨
我在享受着乡村旷野的宁静
阔大的凉意袭来，仿佛汇聚了地心的动能
让我感受到一种生命的活力
和万物复苏的激情

遥远的记忆渐渐清晰了

这时候，我看见草叶上隐隐的霜迹
一点点地变成水雾。田畴中间的小溪
在一缕晨光的照射下
噗噗地冒着热气

　　周步，甘肃山丹人，现居北京，任人人文学网主编。作品以散文、诗歌为主，曾入选多
个文学选本。多部作品被拍摄成电视散文等在电视台、广播电台播放。曾获第二届沂蒙精神
文学奖、张之洞文学奖等国内三十多个奖项。

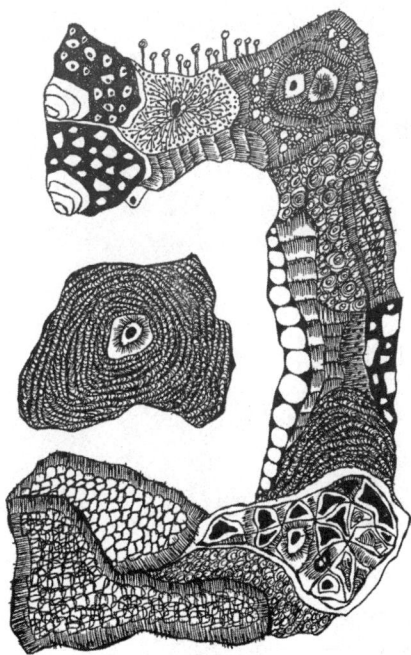

刘春天去！
平烟 2020-3-3

我是爱这个世界的（五首）

朱德冬

与我有关

只要你快乐
田野里就开满了向日葵
蜜蜂会闻讯而至

几尾小鱼在芦苇间穿梭
寻找光的影子。几片叶子落下
隐匿了它们的踪迹

月亮坐在树梢上。我凝望着它
如果你不开心
这个世界就与我无关

不要轻易抵达柔软之地

连续加班了几天
办公室里
他们敲着键盘
他们打着电话
他们讨论着疫情下如何赚钱

就这样过了些日子
他们敲着键盘
他们打着电话
他们催着款（也被催着）

间隙，下楼拉一箱快递
停车场的蛐蛐对唱着情歌
天空的云不断地变换角色

于是，我想起了一大片玉米地
和日升、日落的故乡

微微

我想着，这雨可以降得轻一点儿
微微。如一只蜻蜓落在一片绿叶上
不抖动翅膀，风一吹，就飞向彩虹处

我想着，路上的行人应该走得慢一点儿
稳稳。每一步都可以说上一两秒
光阴都可以在走过的路上留下痕迹

我想着，人与人之间应该可以动感情
轻柔。说的每一句话都用心
做的每一件事都觉得幸福

我想着，应该在这些文字里注入灵魂
可感。如你与我面对面
每一个字，每一个词，每一句话
都可以在我们之间长出四月的天

我是爱这个世界的

我是爱这个世界的
虽然，她险些忘记了春天

她还在目睹
人与人的战役，人与病毒的战役，人与自然的战役

他们煮豆燃豆萁，他们食白也食暗，他们用一根树枝与山火对峙

但我仍然相信
明天他们会是兄弟
明天将迎来自由的光
明天雨水将落满南山

一切都是过去，明天的太阳将照常升起
就如我想说的。当四月的风吹来时
草的生长，花的开放，你的美好

情绪

你又把语气的寒冰释放出来了
依次从你的血液里排好顺序
存储在你的眼神里。待发

说了多少次了，你是水
可上天为云，落下为雨，怎可为冰呢

你是我的天使。有美丽的翅膀
可以撒下六角雪花。飘在人间

我已经一亿次正式、非正式请求
将你放逐至荒原。每次，我都成了那头迷失的麋鹿

而每次，遥望那些星辰时
那一束一束的光就会射向我
放弃你，其实是丢了我自己

朱德冬，笔名小溪，1986 年 12 月生，2008 年 10 月开始北漂。现任北京诗社秘书，《北京诗人》特邀编辑。2013 年 5 月出版诗集《以美之名》。作品散见《桃花源诗刊》《西部作家》《北京诗人》《华东文学》《中国诗词月刊》《稻香湖》等各类报纸杂志。北漂感言：北漂是一种自我的放逐，也是历练。

一场入冬的雨（四首）

沈亦然

一场入冬的雨

一场入冬的雨
下了几滴就收回了诚意
像一场步入中年的爱情
约了两次会
就面临着追逐与叛逃

2020 年的第一首诗

饱胀的情欲在身体里
像一架战斗机
空洞地哀号
这是我 2020 年 1 月份苦熬了三场雪才
想到的
唯一的
一句诗
除此之外
也想到我的日子总是冲浪一般
过得惊心又动魄
一个灾难接着一个灾难
一场哀伤接着一场哀伤
一泡眼泪接着一泡眼泪
一夜孤寂接着一夜孤寂
渴望被爱谋杀
于是，四十个年月一直深陷人海
寻找那个爱的杀手
一日又复一日

真理就是选择

洗衣机咚咚当当咚咚当当地甩着衣服
生活哐哐唧唧哐哐唧唧地甩着我

病毒依旧还在围攻着上帝所设计的
主板程序
我站在程序的正中央
我愿意牺牲我
愿意用我的肉躯换取
每一个编码的安全
尼奥也是这么想的
他从上帝那里知道
真理就是选择
尼奥站在雨里想方设法干掉对面那个
他自己
我没有另一个我向我发起挑战
我的战争始终是我
一个人的
战争
是怯弱向勇敢发出挑衅
是哗哗啦啦的一滴雨狠命追赶另一滴雨

故地重游

七月初的深夜
几滴雨后
花园的条椅竟有了一丝清冷的秋意
西坝河还是这条静默无语的西坝河
流连它的脚步
远眺顾盼的目光
手触石礅的阵阵惊心
被冰凉的路灯一层一层地席卷
七年后的城
不想使用物是人非
应该使用的是落寞和惆怅
我的朋友们因为各种原因
大多都已离开了这座城
而我却怀着心心念念的相思
又回到了这里
这种故地重游只属于我这种多情的人
与回忆扯不清斩不断
对凡尘琐事心怀无尽的深爱

沈亦然，1979 年生，安徽马鞍山人，现居北京。诗人、作家、画家。曾任职于《南方都市报》和《新京报》。2003 年开始创作小说、诗歌，作品多次发表于《芙蓉》《文学界》《红豆》等文学期刊。2015 年出版长篇小说《在人生梦里失眠》，2016 年出版诗集《快乐如鸟》。多次在国内外举办个人画展。

马丘比丘／孙新堂存
安琪 2020-8-18

替补（六首）

赵琼

替补

对面，有许多子弹
正在打过来
身边，还有很多子弹
要打出去
纵然，扣枪的食指
已经离开了身体
不得不让，从没触碰过扳机的
中指
替补上阵

就像当年，走出了校园
被担任团长的父亲
送上了阵地

过命弟兄

要去追寻光明，黑暗就注定了
要与前进相随
就像胜利，必须得有敌人

为了一些果，能在秋天完成
养育的使命。一些花，就必须提前
进入滋润的土层

春风和秋风，是一对可以过命的战友
在孕育和收割的当口
彼此，可以互换头颅

我的失眠，与故乡的秋天相关……

月光总与时光合谋，让我的思维

在故乡的山水之间翻覆
一簇花开，一朵花谢
一阵轻风，一声鸟鸣
总将粒粒黄土和粒粒汗珠
一颗一颗，排成崎岖的山路
蜿蜒在我，被一支钢枪
依偎着的床头
总让千里之外的那个山村
浓缩成一幅，飘摇在枕边的
挂图
让一双，眺望夕阳的泪眼，婆娑成
一泓山泉一般的倾诉……

总有麦浪和蝴蝶一起穿梭。总有
俯首的黄牛，拽动我枕在头下
仍还攥着子弹的左手和右手
总有山花和秋草随风，让我的眼帘
如种子，在欲开还合
欲合还开的挣扎中，一层一层地
发芽，破土……

失眠，是一双，刚放下钢枪
又总想伸向故乡的手。
总想在秋天，去将那个负重的身躯
在陡峭的山路上，进行搀扶……

送别

毋庸置疑，所有的血和泪
都是由水组成
越是热爱，或悲痛
我的身体，就越是需要
水来补充

水，来自天空、河谷、山峰

这一次，却是来自一双
死不瞑目的眼睛

甘泉

在今天，我轻抚着一截
空了 70 年的袖管
仿佛是在跪拥着一座
矗立在江山之巅的
纪念碑

红旗簇拥，俨然地火
在一条庄严的大道上
燃起
我看到了那只断臂
在火中取栗
食之于人民

在今天，在一个广场
我将整个灵魂，安放在
"新时代"这三个大字的
中心进行洗涤
这是 70 年前的那些弹坑啊
在这里，我饮到了
被忠贞过滤了 70 年
已是甘洌无比的
一泓又一泓汩汩的泉水

如果雪花是花，该有多好

如果雪花是花，一朵挨着一朵
不需要根须，不需要叶茎
不需要枝杈

那些飘零在冬天的落叶
便是一只又一只
为再生而授粉的蝴蝶

如果雪花是花
白白的天下
就是花的天下

如果雪花是花，该有多好
对于战士来说，再也不必
用失眠，去抚平故乡的一些脚窝

赵琼，男，1966年生于晋南，1986年入伍，1997年1月进京。著有诗集五部。诗作散见于《诗刊》《星星》《绿风》《诗歌月刊》《解放军文艺》《北京文学》《解放军报》《文艺报》等，被收入多种诗歌选本。北漂感言：驻守在祖国的心脏，警惕着边关的虎狼，思念着远方的家乡。

独自站在秋天的下午
军旗 2019-8-29

天亮了（五首）

梦娜

这是多么不可言说的生活

我躺在深邃的夜里醒着
一种荒凉，一种悲哀在袭击我
我不想忍受这虚空
心中潮水涌动
我看到了
一团团蓝色在升腾
我起身坐在窗前
仿佛坐在我不曾看到的
那颗心上
你可以看到我
透过蓝色的夜
我的心呈现出真实的感情轮廓
我清晰地看到了离别的场面
那是我们无法抵御的边界
我那辽阔的潮水和诺言
在我最深沉的希望里隐藏
早晨的天空茫茫
这是多么不可言说的生活

你疯了，我也疯了

当你把向日葵
种在我身体里的那天
我就知道
你疯了，我也疯了
我整天对着
星空，说着梦话
在这尘世之上
没有一个人能听懂
那里有我多少伤痛
你我还做着同一个梦

我们多么诚实，从不说假话
可你和我被天地隔开了
人间的真话就少了，从此
谁还说谁能握住

在春天里歌唱

昨夜你把最美的春天
分一半给我，一半给你
让我在春天里歌唱
让我在春天里荡漾
我的歌声如此快活
升起又滑落，像鸟儿鸣啭
穿越时空，轻柔地起伏
我感到心中有东西在思念
在我的歌声里跳跃
溢满在我心间，升起，沉落
我在明媚的春光里，拥有你
拥有你这份无意识的欢畅
拥有你的无意识，哦！天空
我们的相识是如此短暂
那就笔直地进入我
构成我的时间，我的灵魂
让它如此明亮！带上我
奔向永恒！永恒

为什么不停下来

谁也看不见的暗河
在我的身体里激烈涌动
她狂乱地涌向天空，融入大地
在我内在的世界里
没有规则地排列
要把我的意识毁灭
在别人看来，它不复存在
可我知道她不会停下来
为什么不停下来
与夜晚的不眠
没有尽头，不存在的尽头

来证实一切

天亮了

天亮了
我睁开眼睛
一缕晨光照进我心里
心中又泛起了涟漪
我该怎样停止
这不均匀的呼吸
我该怎样释放
我身体里的潮水
我知道这不是
因为春天的到来
原本平静的海
被你扰乱了思绪
我的身体装满海浪
也藏着你的疯狂
那海声多像一匹野马
如此狂烈地嘶叫
按捺不住的思念
我没有力量控制
只能任她自由地奔跑
但我必须呼喊
否则你会
把我醉于无边无际的夜色
但我愿意为你绽放带血的花朵

梦娜，本名李梦娜，出生在辽西半岛兴城。1990 年漂泊北京至今。曾为多家报纸杂志撰稿。著有长篇小说《孤独的祭拜》《最后的情人》《废墟之恋》《梦娜日记》等。

秋葵的性别（五首）

李川李不川

秋葵的性别

我种的秋葵都自然地老去
做梦的虫子在体内醒了一半
爱着露水，你的生命不应该忍受刀与烈火
我也会有皱纹的虫子在面颊上醒来

爱情

闪电躲回乌云，乌云躲回蓝天
蓝天躲回小孩的眼睛
小孩子躲回子宫
母亲与父亲正好在茫茫人海中相遇

行星与大地的十四行诗

追逐赤鸟的青年艺术家渴死在路上
遇见那双喷火的眼睛时
铁匠日夜捶打着发光的诗
昼夜之交的胸膛被暴风踹开
有一个词叫越狱
行星们出逃时在夜空画下慌张的脚印

幼发拉底河和底格里斯河是女人的双腿
美索不达米亚孕育出终极文明
头顶发光的记号，冲动的是英雄
微信发出的信息唤醒梦的双手

大街小巷的行人被二维码记忆，围猎
蚂蚁顺从落叶的经脉翻山越岭抵达严寒的虚无
落叶覆盖大地的灵魂，黑夜吞噬行星的光明
理想与自由发现新的伊甸园

五月

五月愈合着四月疼痛的伤口
绿色的双唇挂满树梢吻在蚂蚁的大地上
杨絮像失手的刺客
到处躲藏风的追杀
挽歌，从秦国开始唱起

选择在画布上流放灵魂的人
头枕凤凰，梦里拔剑
北寺的湖水如白鹿的舌头
躲在自己的心脏舔着伤口

尚野

放下画笔，心被野风掏空
对着镜子欣赏坦荡

一只木桶在枯井里打水
撞击四壁

碎木片在夜里游荡
烈火撕开胸膛

被碳化深埋地下，在荒原之上
或为陨石，万年星光

李川李不川，1989 年生，甘肃庆阳人，现居北京宋庄。青年诗人、艺术家。

游山

唐纯美

1
布满石砾的狭窄的小山路上
我努力地在攀登
鞋子又不合脚
于是山路两边的杂草和灌木丛儿
成了我的救命稻草
小心翼翼地抓着它们不敢放
生怕被摔倒
这是大自然对人类
无言的友好
还有好多个血红色的小枣
被我天真地吃掉

2
在半山腰上
高兴地把歌来唱
不远处
几只大鸟呼扇着翅膀
凌空在翱翔
山风轻轻地飘来
温和的阳光洒满了山谷和坡上
让人感觉阵阵的浩荡

3
在慈悲的佛前
忽然酸酸的无法控制的情愫
涌来涌来
于是忍不住低声地哭了
眼里的泪水没有那么快地流下
任它慢慢地落下
生怕惊扰了神灵与诸佛菩萨
抬头望见那么多慈眉善目的菩萨
使我不好意思再哭了

4
寺院门口外
一小片空地
清净带着雅气
一张大木桌和两个长椅
桌上有烧好的热水
和干净的茶器
还有一棵古老的弯树在行礼

5
深秋的时光里
走进大山
总会无意间
撞见
那么多红灿灿的柿子
它们惬意地挂在枝头
悠然而有素美
无论你走在山间
还是远望的视线
都会有它们靓丽的
笑脸

6
一切皆是最好的安排
犹如这遇见
缘来缘去
犹如梦幻
所以未来别去期盼

唐纯美，原名唐学军，山东人，70年代生人。2013年来京。自小热爱文学，读书写诗是此生挚爱。皮村文学小组成员。2019年，小诗三首被选入《北漂诗篇》。北漂感言：在北京工作生活这几年，成长了很多，经历了很多，好多个梦想都一一实现了，很欣慰，很高兴。感恩北京！感谢北漂！

与爱妻小鱼之书（二首）

南木

与爱妻小鱼之书

很幸运在风华正茂的年纪邂逅你
我们见面的那一刻
一见钟情

很遗憾在一无所成的年纪邂逅你
我们见面的那一刻
"竟无语凝噎。"

余生惧怕的东西太多！谈爱情太肉麻
谈感情太奢侈。承诺一文不值

在变幻莫测的今天，人们换什么都很快
相濡以沫在世俗中变得既市侩又廉价

"一万年太久！"以后与爱妻小鱼
"只争朝夕。"

一鲸落，万物生

都说"林深时见鹿，海蓝时见鲸"是一种孤独
我悄无声息地化身于与世隔绝的孤岛
炽热的太阳下，布满了唯一
之一啊！它在岁月的罅隙中杳无音信
他们说尘世中的孤独有十一种
我不知道！自己属于哪一种
抑或是拥有几种——悲伤的孤独
我把最后的孤独酿成最古老的藏酒
待草木春回时，在藤椅上摇曳
品着这世上最涩最酸的自酿酒
一鲸落时双手合十祈祷，万物生时策马扬鞭欢欣

南木，原名李跃，出生于 1997 年 6 月，2017 年北漂至今。青年作家网签约作家。作品散见《齐鲁文学》《安徽诗歌》《贵州民族大学报》《威宁诗刊》《国家诗人地理》、青年作家网等。北漂感言：北漂是一个人的选择和自由，理应得到其该有的尊重。

一株金钗槐和它的生长愿望／安琪
2020-4-28

感恩于聆听（三首）

李占刚

月光

进入 11 月，立冬以后的中间部分
东北虎的尾巴阴阳交错，开始孕育新虎
月晕之下，有虎从风，有虎独上山岗
踏石的前爪，挺直的脊梁，照射月球的左睛
需要夜晚，倾诉，遗世独立
月光正如夜虎的目光，照射谁就会被谁照射
月光是我光芒的一部分

那些碎光，光芒照射的边界
将我一刻不停地燃烧，毫无意义地投影给
某个生涯，某个微小数据，0 与 1，负数
我的光芒是宇宙鳞片的：无。总有一个时刻
月高风黑，月明星稀
我和另一个我深情对话，嗯，是的，No，No
伤口的反光，光晕和祥瑞之兆
善于沉默的古代明月，一瞬间的启示，遗忘
那些星光遍布的环形山，科学的真相与丑陋
并不妨碍月下猛虎对美的一切信念
接着就是有关命名，有关人的欲望和阴谋

11 月，卢沟桥石狮子，香港，京城
月边的云朵像缝合复裂开的伤口
为那些奔波的身影照亮前程。而在月亮至上的
背后，一群蠢人在思考着
时间，内部构造和齿轮，意义的月亮
一轮从不发光的明月，对游子有什么终极意义
或者是的，虚无，是我和月亮唯一深入的良机

从月光的碎银进入，那可能是意义的入口
那里布满荆棘、青苔、阴影、冷笑
拥有完全月色的未来者

从中心滚到祥瑞的光晕之外
就像五环边缘，乡道，凋敝的明代车辙
没有为想念和相思留下任何线索
如你把今夜月光赋予意义，你就会被毁灭
彻底的月亮只有一个
但圣人却给它取了不同的名字，今日姑且叫作：
等待

感恩于聆听

我记不清从什么时候开始，从倾诉者变成了
倾听者。一定有什么大的事件发生，或者是
生命历程中的某一转折，蝴蝶的一次转身
有谁在说话？是谁在和我说话？是我们喜欢的人
还是我们害怕失去的人？世事难以预料
我聆听他们，难道会发生或错过什么吗？我希望
听到什么话语？刚才我闭上眼睛，站在树下
想聆听一只牧羊犬在草地上的窸窣声，然而
没有听到。那些寂静的话语代表什么？
是什么样的话语在一切安静的时候才能听得见？
某个完全凝固的时辰，或许有内在的聆听
在寂静中展开。那应该是另一种倾听
在这种状态里，对那些存在而不执着的事物完全敞开
有关风花雪月，有关爱恨情仇
有关天地雷风，有关水土山泽
有关受想行识，有关梦幻泡影
我在暗中倾听，一切都充满着期待与惊奇
如果我们静待，我们就会在刹那间知道那个词
或者那句话。它们就会向我突然涌现。只要片刻
这个秋天，我喜欢上了墓地。我向母亲倾诉
这一年的人间疾苦和悲欢离合，母亲
好像在黑色的大理石碑里静静地听着，香线
时而轻扬，时而低吹。一只小蜜蜂落在我的手上
像沉浸在思念的语意中。那些向母亲絮叨的字句
像秋风一样地拂过自己，而我完全没有感觉到它
然后就是寂静：祭如在，祭母如母在

北京银杏树和它的身姿就是一切

霜降。秋天的最后一个节气
草木开始摇落，有我如虫，如大虫
蛰伏在室内。写诗，读帖，温酒，疗伤
还有劳作，为了度过必将到来的三重冬天
一重是疫情，一重是严冬，一重是生计
这些古代的时间，令我的生命和命运
循环往复，像极了在天上环行的隆隆列车
多少年来，我在寻找一个成人站台
在某个节气的某时某分，进入人间的另一次豪旅
我想知道，金灿灿的银杏树和它的身姿就是一切
它并不连接银杏的童年和青春。如果我是
潭柘寺里最年长的那棵银杏树，对我来说有多少意义？
我希望活在哪个朝代？想结识哪些有情有义的壮士
和谁谈情说爱？在哪个时刻？又爱有多少？
那些从我身上摇落的树叶会飘到哪里？
紫禁城的琉璃瓦上，还是文华殿苏东坡的墨迹旁
我是该留下还是转身离去？我希望有谁能告诉我：
金灿灿的银杏树和它的身姿就是一切
它们，那些银杏树枯枝败叶，也是如此
在我眼下的萧索和寒枝、残叶也是一切
岁月来了又走，那些面目有些模糊的香客
多么像逢上初一十五的香火，燃了又熄
是的，该向那些伟大的树木学习：靠近佛，靠近寺庙
在忘我的无穷岁月里，让数不尽的风穿堂而过
照射在枝杈上，金子一般的落叶铺向大地
那时我还能有什么不满足的呢？在与银杏树的比附中
我，多少时刻是活在梦幻泡影里？我想让
梦幻泡影的缝隙成为入口，开启另一次别样旅程：
沿着银杏树的叶脉，逆缘而上

李占刚，本名李战刚。1963年生于吉林市。20世纪90年代在俄罗斯做访问学者、在日本富山大学留学。中国人民大学社会学博士。中国人民大学兼职副研究员、东北师范大学特聘教授。20世纪80年代初开始诗歌创作。出版有诗集《独白》《李占刚诗选》，散文集《奔向泰山》和学术专著《基金会准入与社会治理》等。曾创办民刊《家园》，中国作家协会会员。擅长书法。现为历铭传媒CEO。居北京、上海。

北漂日记（二首）

北漂日记

今夜我只有一个人
一个人站立在高楼丛中
回忆大屏幕上演征服的快意
投降吧投降吧投降吧
X 战队机器射手激光炮在咆哮
火在烧火在绝望地烧

火光中第一个面对世界的男人
看见一个女孩儿
偏坐棕榈树下
天真地编自己的头发
编好后又任性地打乱
远处的河
太阳底下缓缓流动
像女孩一样懒散
无聊地翻起一波细浪
卷过一波细浪

最晚的一场电影已经散场
城市如婴儿进入深度沉眠
忘记回家的车灯
偶尔切割开夜幕又匆匆合上
从昨天开始一只蝇
绕着一块偏褐的泥土
那是狮子老死的地方
是一群野狗撕咬狮肉的地方
是秃鹫曾将狮子最后一块骨头
叼碎后舒服地伸着脖子咽下的地方
山困倦地戴上白色的帽子
蝇累了趴在云朵上打盹
一段过于丰盛的回忆

变成无边无际的烦恼
雷劈过的树燃烧后残留的断根下
一条蛇缓缓蜿蜒着在爬

今夜只有我一个人
流浪在高楼之间的缝隙
羡慕第一个面对世界的男人
他不需要发光
照亮一个家族的晚餐
不需要用雄辩
在一个个面试官前
扛起越来越多的担子
捂紧被摘取肋骨的伤疤
露出淡定的微笑
面对世界一片茫然的男人
是古往今来唯一幸福的男人
苹果挂在远处树上——
离我越近越好
离他越远越好

五道口

城铁呼啸而去后
人流熙熙攘攘涌来
电动车闪着灯左扭右扭
人群中像一条条鱼向东游去
看见蜻蜓飞过这里是许多年前
如今再没有五月蛙鸣
没有稻田
没有九月稻花扑鼻香气

红灯拦住下班的人
年老的年轻的
站下来看手机
看车和人在眼前晃过
并不关心
车向何方人走何处
他们是否有份好收入
巨大都市里

没人在意你活得是否惬意
金风未动蝉先觉
只有保洁们才关心
街树的落叶
早晨是否
一落满地

宇宙中心五道口
世界一天天少了什么
京张线已被埋进地下
再没有吐黑烟的火车头
世界一天天多了什么
无数 LOGO 投影
空气中往来飘浮
脸与脸
闪动荧光的手机
电子广告墙上
令人恐惧的新冠病毒
伸出长长短短的刺
一线蓝光刺到脸上
唤起陌生的不安
好在一切
有口罩挡住

刘晓峰，1962 年生于吉林市。日本京都大学文学博士，清华大学历史系教授。20 世纪
80 年代开始诗歌创作。著有随笔集《日本的面孔》等。

辽阔的心海（二首）

王丁强

辽阔的心海

家信写得最勤，来信读得最真
远古的驿站曾经蓄满离人的伤感
相思树生长在季节的调色板上
枝头上结满赤红的豆子饱含思念

写信读信总有涛声在心中轰响
字里行间穿梭着思归的征船
军人的选择注定与牺牲同行结伴
谁说我们的微笑不曾把泪水遮掩

海辽阔天辽阔心也非常辽阔
最辽阔的心海当可驶过百舸千帆
用一种情感筑起一座坚固的码头
这码头可以为祖国装卸每一份忧患

写信写不完湛蓝色的军旅人生
读信读不尽向往中的故国家园
撒一把红豆给海风添一种颜色
护航的水手又何惧天涯遥远

士兵之恋

帆，在士兵的眼中渐去渐远
就像蓝天下义无反顾的一抹彩云
爱之舟沉没在热恋的海洋深处
热带风暴正激起浪涌涛喧

其实该用拳头擦去眼角的泪水
不要用枪刺剜开心灵的创疼
听远处传来打鼓似的雷声
沉沉的是一种博大宣告爱的遗言

站立此岸彼岸隔着一个深广的大海
白鲣鸟静立肩头梳理着奋飞的羽毛
这是挺拔的桅杆张扬一面圣洁的旗帜
请她在上面放飞人生最新的期盼

大雨伴着雷声已经愈来愈近
目光宛若穿越大雾的两道航线
士兵的祝福真诚而又年轻
愿他从这里起锚风浪中航行平安

王丁强，北京知名词作者，资深媒体人。中国散文家协会会员，中国文艺评论家协会会员。有过三年军营生活，当过代课教师、杂志社编辑、记者。2012 年开始北漂，现就职于北京大红门国际会展中心。

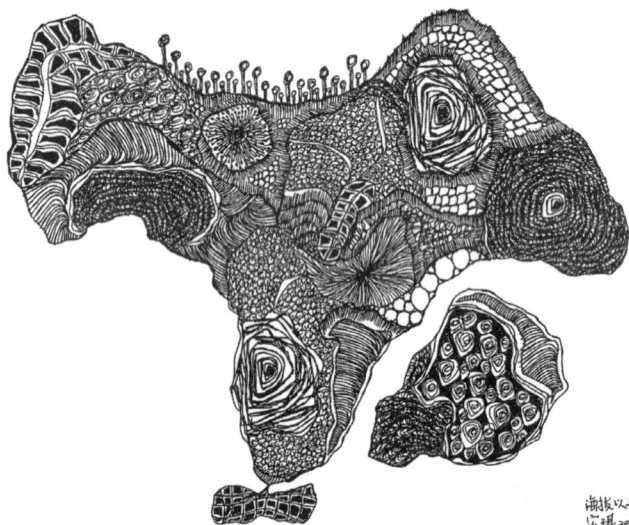

潮拔以上
安琪 2020-3-29

吐沙（五首）

青青

蓝色港湾

台阶起起落落，湖水始终是平的
那些年留下的脚印
被风吹走后
有的挂在树梢，有的落在异乡的水里
我便再也看不见
斑斓的梦境

时间拒绝一切老旧
蓝港的灯光，每年都换
但新的重复，也是一种老旧
今年，我选择白日焰火
选择胭脂一点红
今年，我和深秋一起抵达

失落的团结湖公园

每到湖边，就想起那年夏天
一个个寂寞的下午
我所抵御的孤寂、冷漠和污浊
和彼特拉克的绝望一起
落进
一把长椅撑开的湖面
湖面上，野鸭闲适，荷花慈悲
而波光里摇晃着的江南长廊
是一座虚构的庙宇
这里从没有主人，只有往来的失意者
和如笛声般婉转的故事
我不知道他们
是否跟我一样
把这片湖当成了自己的家

最深的吻在梦里

一束光，来自遥远的江岸
你走过来，扶起倒地的瓶子
时光流了一地
我俯身拾捡过去，未来就死亡了
匍匐在泥沼的窗口

黑暗是你我之间最远的距离
当你先一步滑向光的起点
我还在原地，迟疑不决
一声声呼唤
无法将长夜折叠

我顺着通往你的栏杆
坠落，再坠落
失重是失去掌控的无力
我无法握住你的手
只是在光的入口，等一个浅浅的吻
深深地，把梦打碎

谷雨

雨水，经过一片弯曲的叶子
落在繁星撑开的油纸伞上，我是在梦里
梦里有采茶的姑娘
拾捡一个被遗落的春天

那些曾经亮彻天空的花儿
被微风冲淡了颜色
像一堆旧事，在岁月的波痕里
慢慢散开

时间的皱纹，在一寸嫩绿里铺展
我拉开一场谷雨
带着诗句
在碧浪翻动的田地里，插秧、冥想

吐沙

一片海进入身体
分开水和泥沙，分开爱和依附
再多停留几天，把凫游于水面的
鸭子、鹅分离出去
把所有藏污纳垢的，都分离出去

请不要试图救我
我要沉入海底
和青花瓷的贝壳归于一乡
吐尽体内淤积多年的
泥沙和废墟

　　青青，1985 年 11 月生，山西人，2009 年开始北漂，闲时写诗，有公号"新诗歌"。北漂感言：北漂就是摒弃一切怀疑，在残酷的生存环境下坚持梦想并为之奋斗的精神，是心怀美好的憧憬和向往，是人生道路上无数选择中最难的关隘，以及在面对困难时勇敢笃定、迎难而上的信念。

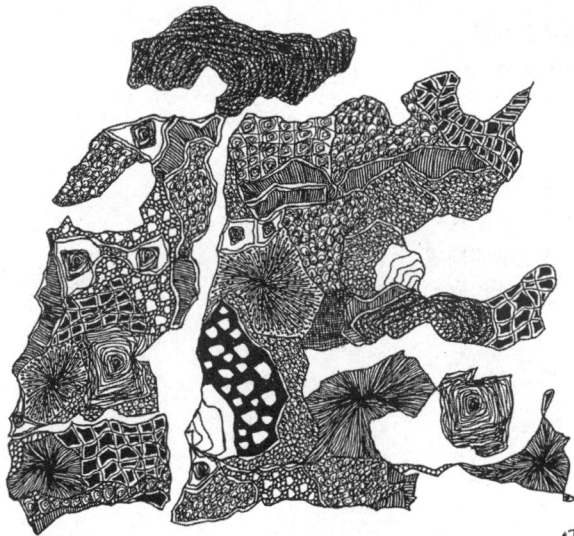

所有的告别都是永逝（五首）

冷宇飞红

忽然就有了风

忽然就有了风
像石头上瞬间多出的缺口
从夜色眨坏的星辰算起
这是第一百零多少次重复
我是你单一的圆周率
怎么都不能
包围一次全程
让孤单的孤乘以单
让平方冰冷
我抬头就等于宇宙忘却
我回首
就等于闪电逆流

所有的告别都是永逝

比我更悲伤的是我自己
我发现人间弹唱正是
脂粉掠过皮面
冰雪覆盖人心
亲情啊爱情啊友情
每一块肉都是物理的公式
每一个标点都是化学的构成
陷入深情的总是一件格格不入的挫败
我发现
所有的告别
都是永逝

剪影

我喜欢秋风从悬崖摔下的样子
我爱着白云的一愣

我喜欢深夜收走落叶
环顾天涯皆是无声
我喜欢空去的杯盏扣住起伏的大地
我喜欢钟表交叉，认出我
是它单一的剪影
我喜欢住在没有名字的人间
陌生地垂下头去
我喜欢闲置没有远方的世界
漫等一颗流星
我是我的小草小花小飞屑
我是一个不会说话的人
驶入平涂的宇宙
没有倾听

黄昏

如果有一朵花站在石头的旁边
它一定是发着红颜色的光

蓓蕾之内有着温和的唇瓣
它能——劝退些风雪

等黑漆没收了长夜
不再只有山峰吐出疲惫的梦呓

而此刻清芬拂过颤抖
收走了牧羊人孤独的鞭响

轻轻抱一抱黄昏的马蹄吧
垂下眼睑的人暗自打湿远方

说出的事物

我喜欢这淡淡的寒凉
我习惯退后一步，把你们喜欢的
都出让
我喜欢弃权，我轻轻地出离，不言
也不辩

我说出的事物只有一次寻找
如果不是你，就再也不是
即便这样，我还是会做好我
负责的部分
不管你改变多少形状
你可以计算出狡黠的得数并
正式辜负
你可以飞起来
毫无保留地
遗忘

冷宇飞红，本名张发起，1971 年 9 月出生于河北省沧州市盐山县，毕业于沧州师范学院与河北师范大学，中国美术家协会会员、中国工笔画学会会员、中国少数民族美术促进会会员、中国诗歌学会会员。作品发表于《团结报》《词刊》《北京文学》《诗选刊》等报刊，收入《河北青年诗典》、《2018 年诗历》、《北漂诗篇》。出版有诗歌散文集《精致的时间》。2009 年 9 月开始北漂。北漂感言：北漂是候鸟的一次逆行，北漂是心灵的一次远征。

娟雅
寄谁 2020-7-22

野草在歌唱（三首）

姜博瀚

奶牛场

温顺的奶牛
荒寒的眼袋
抵挡，闯入者的手
牛槽落满呱呱叫的寒鸦
在它们边上

栏木的声响
推饲料的铁车
和水桶哗哗倒出的清澈声
小母牛哞哞叫唤的人间
在这泥土气息的春日农场
桃树，还须在三月扬起花朵

夕阳下
归巢的寒鸦
掠过——那片林立的
白杨树

所有的土地上的主人都赶走了
挖掘者捕捉到泥土的气息在其中照亮了一切
开动加草机的女人说
在宋庄什么也留不住我

低矮的房屋
带着狗的胡言乱语
冲出院子
被拴住的更大的狼狗在铁笼子
汪汪声失哑像嘴巴贴上了封条。

野草在歌唱

野草在歌唱，唱得累弯了腰
杨树焦黄，始终比不上金黄的
白桦树，太阳里刺目，闪耀
春天。一把大火，烧毁了前赵，京秦高速下的
草场。羊群奔跑，甩掉了牧羊人鞭响——
轻蔑的眼神，流露出一肚子的不满，委屈
默不作声——我站在碎石渣堆起的山丘，眺望
燕郊西，废弃的砖窑厂，破木廊舍
柔嫩的花，破萼，瘟疫散去
秋天。在暮色的映照下
野草，试图清清嗓子，晃动筋骨的
野草
挺直腰杆子，光明磊落、坦坦荡荡；
它不想继续沉默熬过冬季，空旷的
原野
野草在歌唱。羊群在聆听。孩童，爬进幸福公园
我，迷失于林间地带，并寻找自我
野草啊，漫山遍野，不再有人烧
河流干涸、枯竭，鱼儿无法跳跃
田间，地头，农民要做的事太多：
收回萝卜、收白菜、翻土、挖地窖
趁着太阳天晒一晒焦白的帮子
准备好一冬的杀猪菜——野草
只有野草，漫山遍野，歌唱嘹亮
它宁愿把自己唱哑了嗓子，晒得发黑
从清晨到傍晚，无休止地歌唱
直到一只鸟在新的黎明中出现。

余晖照射静静的紫禁城

我在朝阳门一条巷子里走
黄昏的鸽哨响过外交部大楼的上空
一个男孩无端端地在路边哭泣
远处烤羊肉串的女人烧着炭火
男孩从地上爬起来
他的车圈滚在角落
他看见我的相机的眼睛

停止哭声
年轻的母亲拿过一个西红柿
哄着孩子
那些破旧的房舍在九月缄默
烤羊肉串的男孩摔伤了胳膊，吊着一块红布
他高兴地吃西红柿的笑容
融化了我
朝阳门还是一片平房，来来往往的外地人走出来：
乌鲁木齐烤羊肉串的男孩；
安徽巢湖卖菜的妇女；
河南路边烟摊的小伙；
北京大爷蹲在路口，他
守着一个打气筒——只需一毛钱
此刻，我要去紫禁城拍照
那里：落日余晖
静静地照射紫禁城。

姜博瀚，本名姜宝龙，山东胶州洋河人，现居北京。2004 年毕业于北京电影学院文学系，获学士学位。诗人、小说家、剧作家、电影导演。中国作家协会会员、中国电影家协会会员、中国广播电影电视演员协会会员。著有长篇小说《顺着迷人的香气长大》、中短篇小说集《我和我父亲的过去与现在》、电影作品集《电影是一种乡愁》。

父亲的冬天（二首）

黄华

父亲的冬天

天寒地冻时
父亲不再走动
僵直地躺在床上
壁炉里升起熊熊炽焰
连同床边开启的暖气
无法解冻僵硬的手指

如同干枯河床里
闪烁的冰面上
承载着枯黄的落叶
冰下流水是否汩汩淌过
天鹅和野鸭早已南飞
鱼儿如何度过冰封的时光

冬日照射在父亲脚上
金黄灿烂却没有温度
给蓝灰色被子镀上一层金边
日复一日的沉默
带你回到村头麦场
那年少出发的地方

父亲，当你僵卧在床
虫兽冬眠，万物凋零
母亲的泪水流进河道
却无法融化寒冰
你静静地躺卧
全然听不到雪地下虫豸的鼾声
和蓬勃生长的植物根须

端午余韵

一条红线飞舞绕着青翠的苇叶
包裹起香甜的大枣　鲜亮的红豆和蜜饯
红线在母亲手指间缠绕
日头从窗边走过　落在床头
小山似垒起的粽子

母亲看着粽子　想起父亲
爱吃蜜粽甜瓜水蜜桃的父亲
她选了最大的一片苇叶
包进各种果子　顺手拿起一枚铜钱
层层包裹　捎给天国里的父亲

　　黄华，1974 年生于河南新乡，1998 年来到北京，就职于高校。北漂感言：我依然坚持
"北漂"是精神上的漂流，指离开故土后无所归依的精神流浪，而不是由户籍、职业等现实
条件所决定的。

芒果树下（二首）

钟佩炎

赞美四季

在我幼小的心灵
春天是头上退烧的毛巾
和甜甜的打虫药
夏天是冰镇的西瓜
和各种颜色的冰激凌
秋天要穿上秋裤，野柿子
像表面挂了一层霜
而，冬天
早上害怕起床的冰凉
直到现在
我才学会赞美春夏秋冬

芒果树下

每个月总有那么几天梦里的静
让我醒来的是，一声哐当的关门声
我下意识迅速跳下床，撑着酸涩的眼
看母亲。倦懒地回到被子的余温
它不来自别人，来自我自己
枕头散发的气息，又让我缓缓地沉睡
早晨九点，升起的朝阳
从窗外，一棵芒果树
透过的耀眼斑驳的光
父亲用沉闷的嗓音唤我
我总是嫌父亲的早餐，我们不说一句话
敷衍了事咽下去

母亲告诉我和父亲
天天在窗外搓衣服的广西阿婆
有两套房，她天天搓衣服不放洗衣粉
但，我发现阿婆用洗衣水灌出来的芒果树

开花有特别的香气
仿佛那不是芒果花

傍晚。我去车站口接母亲,她
讲着各种今日新闻
而我和父亲俨然一脸的严肃
母亲说:你越长大越像你爹

在攀枝花,我的恋人告诉我
其实,你笑起来很像你的母亲

钟佩炎,本名钟竣塬,1993 年出生于四川攀枝花,现居北京。电影摄影师,偶尔写诗。
美术作品《美丽的孔雀》获得四川省"小太阳杯"绘画比赛特金奖。

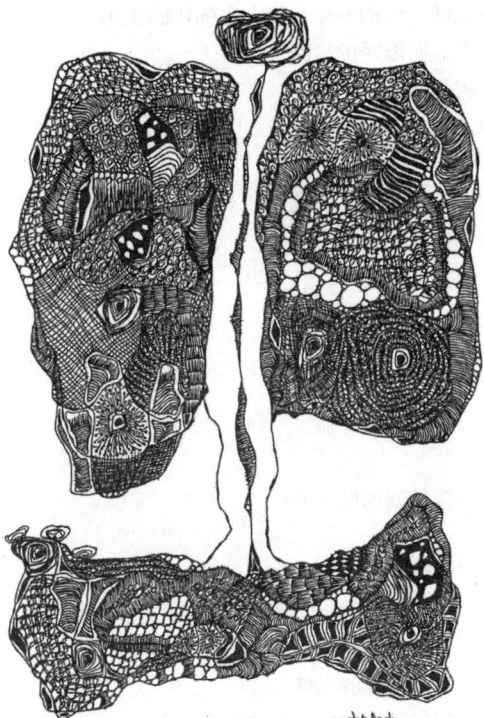

旧我与新我
安琪 2020-3-19

轰鸣的青春（五首）

夜子

低吟浅唱

我可以精确到你的毛发，你的指甲
一个清晰的生命，手抱一个吉他
你的安详，你的激荡，你灰烬般的撒谎
我还知道，你有时很迷恋死亡
不要惊讶，是的，我们并非认识
但我知道，你对爱的绝望
不妨试试我为快乐时光写的小插曲
对，就这样，轻轻弹唱

不要痛苦，不要哀伤
听一听这个陌生的电话，你的身体会为一次畅快的长跑
找到一条新路。一直通向温暖的房间
院子里挂着新晒的被褥和床单
屋里煮着茶。琴响。

我可以精确到你的一句话：世界混乱，你不乱，
带着诸神的花朵，一棵棵种在地上

轰鸣的青春

除了心疼，我还要帮你忘记
忘记你心里的痛苦，讨回你的热血
还有轰鸣的青春
我要让你享受到人们轻易就能做到的
——爱，与被爱
一句话，一杯热水，一件外衣
这些是小事情
但，可以成为海洋
你是优秀的，因为我看到了你的卑微
你是宽厚的，因为我看到了你的仁慈和悲悯
忘记已经死去的情绪，让它安息

74

做我们愿意做的，陪伴爱
不责怪不诅咒不怨恨
把灵魂清清白白地放在位子上
优秀的恋人们，平起平坐，小手拉着大手
绿草地更绿了，阳光也分外暖了

我的心一直亮着

太阳忽隐忽现，在这明暗之间
我的心一直亮着。
我想，我是在为生命计数
在我的预测里，你没有意外
当裁判起身回家时，你已胜利而归
掌心里淌着努力的汗水
方向盘轻转，路两侧的树木秀丽发芽
没有什么路况值得怀疑
在奖与惩之间，你学会了持有控挡的智慧
这一点微小的变化，像小鸟不起眼的欢鸣
我听到了。并为你高兴
我想，你那双忧郁的手
已如同缩水的衣服，再也束不住你

想象

想象着梦中纠缠的线头，揉皱的信
你在抽屉里掏烟的手。
闪烁的火苗，尘土，波浪，响尾蛇
顺流而下的小船。无序地动着
你皱着荒凉的额头，立身而起
披上一件红色外套，向门外走去
大雪像天使撒下的花朵

我想象着你低下头问自己，
那个折磨人的彻头彻尾的错
当你蓦然想到一个决定时，烟头果断地掐灭了
一个小小的问号，纠缠了你上半生
归来的路上，你忽然看到
这个有雪的夜晚，与以往不同
轻盈的希望，像恋人的眼神

小鸟的足印

小鸟的足印一路走来，我首先想到的不是春天
而是那些匆忙记住的地址
你从不告诉我，一路的辛苦，一路的哭泣
我并不想赞美你，那些颂歌是属于别人的
请允许我为小鸟找到一棵茂盛的树
每一片叶子，每一根枝条，都有你的记忆
当小鸟快活地跳上跳下，我首先想到的是安宁
你从不像芦苇一样摇晃
在一程又一程的路上，你的腰板挺直，足下有音
我知道，你不但精通小鸟的习性，还精通花草
听说，最近你还哺育了好多的小生灵，一起游泳
一起在丛林飞
这些都不用你讲述。从小鸟的足印里
我就能看到你的大笑

夜子，中国作家协会会员，数届河北文学院签约作家，作品刊于《十月》《北京文学》
《小说月报》《天津文学》《诗刊》等。出版诗集《弧线》、小说集《白色深浅》等。北漂感
言：北漂，对于我来说，是多方位的陌生体验，是一种历练，也是一种滑翔。它能激发和蓄
积内心深处的能量，并因此更加热爱生活、热爱生命。

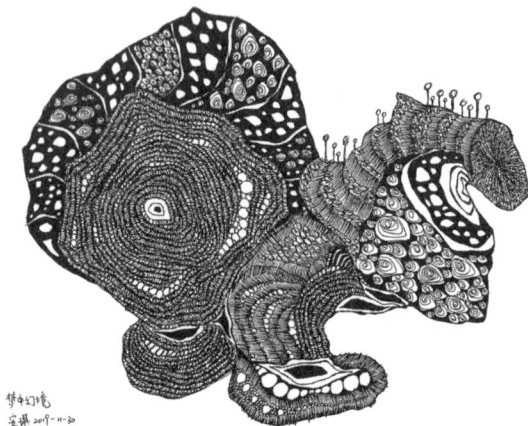

梦幻境
宇桦 2019-11-20

仿赞美诗

布非步

早晨六点钟，天空旷远深邃
消逝的年轮像芦庄村贫瘠的土地
一只小牛犊倚着栅栏，能闻到湿润的干草和反刍的气息
再向内一点，它就会失去光明
它们的睡眠仿佛草原被包围——
而栾树如精致的高脚杯
提醒我们：丰收在世界的尽头
是善意的谎言
想返回一粒麦子真实的内心
唯独这民主的牛，与我们有关联
不管在所有的脸中，
它们认为自己是谁
弹奏竖琴的人，影子也极力
想缝进他们的身体
——他们对自己已无话可说

布非步，曾用名布尔乔亚，籍贯河南南阳。2007 年 2 月来京。组诗散见《诗刊》《星星》《诗歌月刊》等。北漂感言：就算身体里有一千根针，我也不想说出它的下落。

漂

陈艺文

夜晚的公交车
在京通快速路上奔跑
急速地向前、向前
车里的人扶手抓得紧
仿佛手一松
一天就要过去
一生又要过去
一同前行的八通线地铁
跑得更快
发出的呼啸声
风一样
不可控的危险
不可控的情绪
这一路仿佛
仿佛最早
住到通州的我们
322 路公交
你急急地挤上人满为患的车厢
拉着我不松手
我的身子呀
在门就要关上的片刻
挤了进去
来不及喘
车子出发了
我嘘了一口气
顾不上冷
也没来得及抬头
看月亮

陈艺文,广东清远人。1996 年 8 月赴京。从事过服装生意、金融行业等。目前在北京一家律师事务所工作,负责市场部。

板凳与石头（四首）

杜思尚

板凳与石头

凌晨 3 点
陪老家来京看病的同学
去医院排队挂专家号
天亮时
前面挤进一个人
说是那个小板凳
一会儿又挤进两个人
说是板凳旁边的
石头与砖块

儿子三岁生日的前一天

新闻里提到"新冠死亡人数"
正埋头拼图的儿子说：
"死亡是个坏蛋"
我有些惊讶地回应：
"对，死亡是个大坏蛋
他会带走每个人"
儿子睁大眼睛问：
"也会带走你吗？"
我说会的
但会是在我把本领
教给你之后
"会在你把瞄准和开枪教给我之后吗？"
我点点头
他说：
"教给之后
我也不让你死！"

一生

手机闹铃
把我从昏沉的梦中
拽出来
我看到
那个黝黑的少年
正坐在夏日
皂角树的阴影下垂钓
那一汪
不大的水塘里
并没有多少鱼咬钩
可他常常
一动不动地
坐到天黑

伞兵自述

有人说
醒来
是从梦中
向外跳伞
而我
只想从现实中
再跳回去

杜思尚，1974 年生于河南南阳，2008 年移居北京。诗人，爵士鼓手。毕业于解放军艺术学院。诗歌作品发表于《文艺报》《解放军报》《解放军文艺》《诗潮》等，入选多个文本。著有诗集《人间》《我常垂钓于逝水河畔》。

四面八方的花儿（六首）

四面八方的花儿

在春天，没有比迷路更开心的事情了。一个人
或者两个，在郊外
在山间
怎么走
都是对的
怎么走，都心仪

枝头挂满小手雷。春风引线
阳光乱丢明火
大地小村子
处处轻雷
爆炸的声音是白色的、红色的、粉色的……
不闭目佐以轻嗅
你无法听清

在雪中

雪下到积雪为止。雪下着下着，就藏不住了
漫天断羽无声——叙述逝去

昨天还拽我们的手臂荡秋千，今天
亭亭。
瞅着女儿帮我拔下的一根白发，愣神

一些诗友，已变成星星微光
就站在
浩瀚的深处，等着

飘雪除夕
夜色牵着永安河长长飘动的洁白纱巾
久挥不去

如一场怀念，被大雪搅乱，被寒风一直就那么
刺啦啦地吹着

等待一根火柴的救赎

指间的花朵，在岁月中出走
说消失，就消失了，不如初恋时的言听计从

火焰搬动柴火成熟的体香，儿时的爱情
羞于启齿

如今慢慢长大的
从未受过潮的孩子们，谁能指认时光截留的饥饿
这头发了疯的野兽
就关在我们早年的体内

用减法写诗歌

面对茫茫白雪，零度左右的空寂
我喜欢往诗歌里不断地添加些什么
比如：在风雪夜归人的前方加三两盏橘灯
在一个单身男人的病床边加一堆炉火
在雪地深处加一只红艳的野狐狸划出的一道闪电
在乞丐的破碗里加一块附有魔法的银币
加上满满一渔篓情书，催那个独钓寒江的老翁
踏雪回家，往黄昏里斟两盅羞红的酒
那些封冻在内心的，加上温暖，再加上语言
往寒冷的空气里加入花园的体香
掀开雪，把花花草草加入异乡人的箫声……

现在是春天。我要用减法写诗歌
把一切美好的
通通减回到真实的生活当中去

绝望

春天在窗外喊哑多少回嗓子了？
那把木椅
再没能回到山林——回到一棵树

骚动的身子里
探出那些绿茸茸的，兴奋的小耳朵

寂静
静到在枯守的深夜，越来越能听懂
一把日渐疏松的椅子
发出的
闷吼

夜色无语苍凉，更迭如流

叙述

我院子里来过黄鼠狼、灰鸽子、黑蝙蝠
还有许多知名不知名的鸟雀
黄鼠狼与我对视了几秒钟，就迈着小碎步消失了
没有再遇见
——这吻合人生中诗意的缺憾
灰鸽子来过三两次
可我不能确定后来看到的，与第一次邂逅的
是不是同一只灰鸽子

天光宁静，在睡莲圆而小的叶子周围
时而被四五尾红金鱼搅碎

黑蝙蝠在一个欲雨黄昏闯进我的视野
也只是来过那么一次
我猜测它在飘摇无际的天空中，会不会飞着飞着
就睡着了

此外。天色微亮，鸟鸣就沸成一锅粥
日暮巢湖，月光从尘嚣里剔出何其浩渺的寂静
你在南方
知我内心十万里荒草葬送的短栈长亭

孤城，原名赵业胜，1970 年 7 月出生于安徽省无为市。中国作家协会会员。2015 年赴
京入职，现任《诗刊》社中国诗歌网编辑部主任。出版诗集《孤城诗选》。北漂感言：北漂
已进入第六个年头，我想，人只有在不断的动荡中，才能更好地确认真正的归属。

倔强的蒲公英（二首）

王永武

倔强的蒲公英

故土的炊烟拴不住心猿的脚步
贫瘠的乡野拢不住意马的缰绳
来自遥远信风的诱惑
激荡仗剑天涯的热血
撑开母爱编织的那把小伞
随风飘荡，划出没有定向的轨迹

坚硬的道路挡不住发芽的破壁
都市的冷漠阻不住扎根的种子
来自稀薄阳光的折射
激发永不屈服的倔强
沿着大地撕裂的那条缝隙
随风摇曳，开出不惧风雨的花蕾

暗淡的前景遮不住雄心的蓝图
浓重的雾霾蔽不住壮志的星辰
来自温馨窗口的灯光
激励永不停息的跋涉
张开爱意浇灌的那丝盈绿
随风飘泊，描绘无与伦比的风景

改变不了的北漂身份

薄薄的卡片承载着超重的能量
无形的丝线捆绑着我的行踪
注册登记取款的凭证
乘机坐车取票的必备
成为流动社会如影随形的钥匙

呆板的照片映衬着丰富的色彩
僵硬的面目锁定着我的信息

出入点到刷脸的对比
手机绑定开启的扫描
成为信息社会无间亲密的影子

简单的数字包含着唯一的特性
永恒的号码标注着我的人生
背井离乡奋斗的血汗
漂白不了北漂者身份
成为刻入身心无法改变的基因

　　王永武，笔名武丁，1976 年 1 月生于山东德州夏津县，1992 年入伍到武警部队，1994 年开始在北京工作、生活。2017 年转业到北京市海淀区，系海淀区作家协会会员。有《青青的橄榄》《草色苔痕》等作品集出版。北漂感言：京城漂泊二十六年，身份未改志更坚。

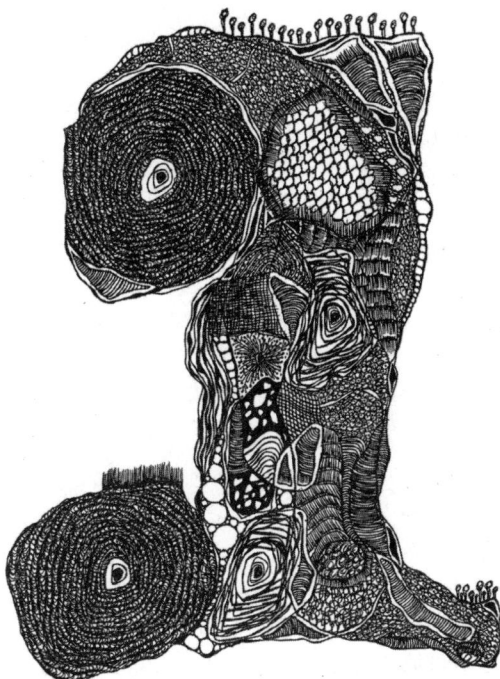

蝌蚪叙报
安祺 2020-3-31

大望路（二首）

张洪雁

大望路

一天踏入一条不熟悉的路两次
算不算犯了某种隐秘的戒规
大望路，能望什么
望春风还是望夏雨
今天的天空被谁望得这么蓝
躲躲闪闪的太阳被望出棉絮的云层
一对翠鸟被望上枝头欲要引吭
而我终于能望着你
只能望着你。风一阵雨一阵
看你穿山越海，鼓动风雷
你越高越大越满盈
我愈低愈小愈空恍
像掉进一个童话
那美丽轻盈得让人叹息
世界越来越小，小到成为眸子里的
一个光点，我望着你在那里散开
滚动、蔓延、结绳、记事
与每一个日子不依不饶地对抗再和解
越来越近却越走越远
越走越远却越来越近

逆流旋舞的词语

出了地铁十号线
还要走多长的路是看不见的
从这一个春天回到上一个冬天和秋天
有些敏感词一直在昏睡
夏天在雨声的滴答里刚被唤醒
就望见你手执雨伞立在红墙青瓦前
湿漉漉的目光仿若要滴出一首诗
世界何其宽广，狭路的都是怎样的冤家

慌乱在雨里的两只伞，谁要撞疼了谁

敢叫板命运的其实都是脆弱的人
命亏欠的时光总会来还回一点
但小心翼翼的心怎敢越过命定的时刻
在五点钟，不，三点钟
红墙外，青瓦前，你站定
合起了雨伞。你向外望着
我沿着你目光的边缘走了出去
有声音棉线一般曲折绵软地追来
我脚步凌乱快如逃窜
甚至不敢再回一下头，我害怕
扭头会不会望见一片的空
空过这世界的浩荡无涯
此时，我怀里正揣着新出炉的诗句
热腾腾地在雨丝里逆流旋舞
这些生动的词语啊，你猜
它们比空中的烟花，谁会
更坚强一些

张洪雁，女，1971 年 2 月生，祖籍河南沁阳。2007 年辞职来京，自由写作。曾做过工人、记者、编辑、机关公务员等。河南省作家协会会员，沁阳市作协副主席。有百余万字文学作品散见国内报刊及网络媒体，部分文章收入各类选本合集。北漂感言：心能安处即是家。

关于一些人的故事（二首）

唐景富

关于一些人的故事

新的一天又在我的眼前飘动
我知道这个世界每天都有一些
不该发生的故事发生
在都市的某一个角落
在乡村的某一个庭院
一些男男女女老老少少
正在有意或者无意
演绎不同版本的故事

我就是这类人中的一员
也正发生一些不该发生的故事
故事不算精彩
却让我无所适从
人生的阴晴圆缺
悲欢离合
都在这种不算曲折的故事中

谁能离开这些故事
谁又不是故事的主角
我们每天都在编着自己的故事
有了精彩的开头
不见得有一个满意的结局
一个失败的开局
也不见得就有一个悲观的结尾

人生有故事
故事充实人生
多一些经历多一些故事
也许不是多么重要
但少了故事
人生淡如一杯清水

少了些许回味
总是有说不出的遗憾
故事伴随人的一生
精彩一些当然更好
不精彩也不必灰心
站在岁月的某一时段
看别人的精彩的故事
也是一种快乐

盛夏,回家途经一座城市

穿过一片陌生的女性的平原
我乘坐的客车驶入城市
不远处传来楼群拔节的声音
新征的农田早已支离破碎
钢盘铁骨插入泥土
脚手架上　黄色的安全帽
如一顶顶雨后的蘑菇
进入市区
阳光收起最初的温柔
火一般围攻不堪一击的绿荫
贫血的马路绷紧缺少激情的脸
红绿灯睁一只眼　闭一只眼
却又无比威严　车如蒸笼
坐在滚烫的海绵靠背椅上
我用乡村的大把大把绿荫擦汗
城市好不繁华
车水马龙　人如穴蚁
每一处空间令人窒息　又令人激动
流行色流淌遍地
三三两两的乡亲
也混入城市的人流　格外惹眼
美丽的女孩热炒一沓沓青春股票
坚贞的爱情身在书里安然入梦
这天正是我回家的日子
做着城市梦的我开始苍老
透过车窗的淡青色的玻璃
我发现这座城市比我还年轻
客车开始蠕动　洒水车擦肩而过

下班的人潮
像逃犯一样躲避阳光的追捕
我开始思念家乡的小路野草花香
以及村姑此起彼伏的歌谣
客车终于驶出市区
车窗外的风景一闪而过
丝丝热风在我的脸部格外缠绵
我给城市留下最后一点流连
闭上眼睛　家的概念
开始清晰而亲切

　　唐景富，男，1963 年 12 月出生，江苏教育学院毕业。教过书，开过店，当过建筑工人。业余读书，在诗歌的海洋里看浪花千朵，并尝试采一朵占为己有。北漂感言：北京，这座我梦寐以求的大都市，融入其中，醉我情思，涤我灵魂。

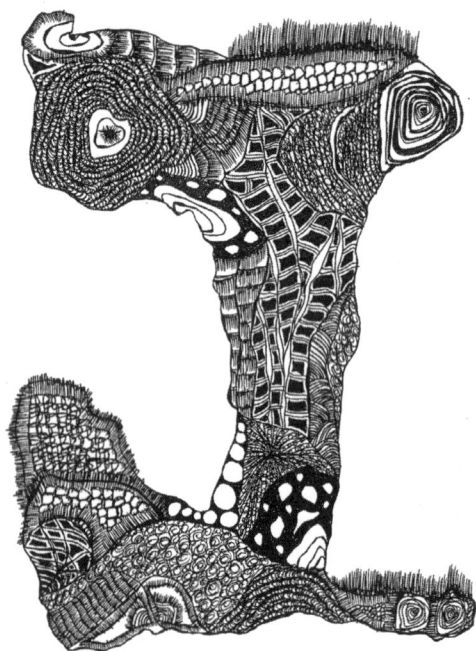

海之夜（二首）

博雅

萍聚

没有开始
就已经结束
来不及雕刻伤口
只是想静
都市繁华的街头
听不到一点喧嚣
这个夜晚
冷得特别

电话远方
诉说无奈故事
泪水浸透了热情
只是想躲
地铁涌动的人群
看不到孤独的自己
这个夜晚
再说别离

点亮灯火
认真阅读青春的模样
点点滴滴写满了疲倦
只是想忘
笑声在记忆中回荡
模糊的昨天愈发柔情
这个夜晚
记下美好

海之夜

今夜无风
海浪温柔地敲打着心灵

一声声
像一位诗人
缓缓朗诵着
像一位母亲
浅声低吟着
生命因此更加丰富而简单
远空中
群星欢快地跳跃着
那么多
那么多
打乱了我和海的对话
不去想海来自哪里
不去想夜空的颜色
因为
我该睡了
海也该睡了
一场萍聚
我不想打破海的安宁

博雅，原名包亚茹，蒙古族。1973年6月出生。北漂感言：1997年，在不懂得什么叫北漂的时候，因为爱诗、写诗，因为追梦，开始了北漂的生活。在这里，我遇到了青春，遇到了成长，遇到了那么多有缘的人。

兄弟（二首）

朱家雄

怅惘

叶色青青的时候
并不太留意
岁月流成晚秋
才发现当年的枝头
枫叶绚烂成
无力的怀旧

零落于地的残红
倏然提起你的叹息
绽放的当初
竟漫不经心
待一旦发现
却无力挽回

兄弟

在旅途上，我们不懈地奔走
梦想把自己撑开在大地上
好留给世界一个逐日的身影
像一只展开翅膀的鹰
在蔚蓝的天空里

我们眼里所见的明媚风光
注定要被来犯的黑夜一网收尽
谁也不能幸免吗
身体被埋没
太阳被涂黑

在温柔而恐惧的黑夜中
你能不能点亮双眼
甚至一跃而上

在空中化作闪电
留下一个闪光而有力的形象

　　朱家雄，男，生于 1971 年 6 月。中国作家协会会员。出版有长篇小说《校花们》、小说集《毕业前后》、文集《未名湖畔的青春》。诗歌作品散见《诗刊》《中国作家》《北京文学》《十月》《中国青年》《中国校园文学》等。北漂感言：北漂是对文学理想的求索，是对人生价值的追寻。

你是一切的准则
安琪 2020-5-29

埋伏雪（二首）

陈树文

埋伏雪

雪开始落了。那个幽魂来了
空寂里，不是时有时无的替代
是弥漫。翻江倒海横戈而下
迂回的黄河不静。至西往东
腊月，接连遭遇伏击手
将雪围困黑，继续兵不血刃

雪又开始落了。那个幽魂
已然学会形影不离，不舍昼夜
看似漫不经心，实则万马奔腾
走不出的长城，旗倒鼓失
那边，一场一场的雪逃风避
无形的车轮战，鬼都害怕

雪继续开始落。那个幽魂
燕山、太行、华山、东岳
往来掩杀，黑了分界线
大川无风，秦岭也不敢横过天际
才安宁数日的南方水灵
又开始提心吊胆

通往机场路的鸟巢

接着几次西北夜风横扫
京都的落叶树就无叶可言了
槐树，特别一排排伟岸钻天杨
枝枝丫丫直冲冲雄伟地戳进高远蓝天
暴露尽了光天化日艳阳里的那些
远远近近的太多鸟巢

我在通往机场地带的返乡路上

在摩肩接踵运动着的浩浩车流里
两边枝丫里赤裸裸鸟巢空空如也
空落落嵌满我淡淡忧伤的北漂心结
无论失落也好，收获也罢
一股脑儿走了来了，来了走了

　　陈树文，成都市大邑人，出生于20世纪50年代，2010年来京，曾当过兵，教过书，种过地，考过古，干过苦力。出版诗集《陈树文抒情长诗选》《找寻京脉》，散文集《赵云与通都大邑》《一座山一座城》《川西胜景静惠山》。

太阳系外 深琪
2020-7-23

梦海（三首）

路凌霄

梦海

我是一个小孩
海是我的最爱
早起的朝阳慢慢变黄
一半颗星在空中窥探
我踢起脚下的沙堆
一半个贝壳被踢飞
亮晶晶划过空中
那是海的恩赐
风吹皱了
海苍老的面容
我喊一声
海
我在海滩筑起宫阙
一半个浪头把它冲飞
凝望
西天的云霞慢慢变红
我在海滩发疯
一半颗星窥探在空中
海拥抱了暗沉的星空
浪潮侵蚀着宫阙
我喊一声
海
浮藻也揉碎
漂荡散开

花猪

一只花白相间的猪在草地打盹儿
压扁一排香嫩的青草
花猪在草地里走
小尾巴卷成一盘

花猪在草地里眠
太阳偷渡到西山
花猪在草地里做梦
春风吹散了梦的幻魇
朝阳闪闪
花猪从草地站起
眨眨眯缝的眼
甩甩盘着的小尾巴
迈步金光铺就的春路
花猪走过的草路上
焕发着春的光芒

观山

我静静地望着群山
他们不说一句话
我看他的雄伟壮健
正衬出我的渺小
他们是
宇宙间坠落的星
他们是
天外的云霞织就的虹桥
我为他们歌唱
在这歌声里是永恒的逍遥
漫步在山间的路隅
白云盘踞在青天
猛然回首
他高高耸入云端
在时光的注视中
跌跌撞撞地迈步
他是盘古的化身
他是天地间的英雄
他是横亘在宇宙中
永不消散的
青峰

路凌霄，笔名路迅，生于 1995 年 4 月。中国国学文化研究学者，教育学博士，深造于北京大学，旅泰学者，中国传记文学学会会员，北京市海淀区作家协会会员。著有历史散文集《故史新谈：一世繁华几经流年》。2000年开始北漂。北漂感言：北漂是个人对梦想的追逐，是一种选择。北京是追梦者的天堂，毫无疑问这里将帮助你更快更好地实现梦想；但北京也同样承载着许多追梦者未能达成的梦想，遗憾，痛苦，孤独，失落。每个北漂人都在构筑一段传奇，向这个世界发出自己的声音。

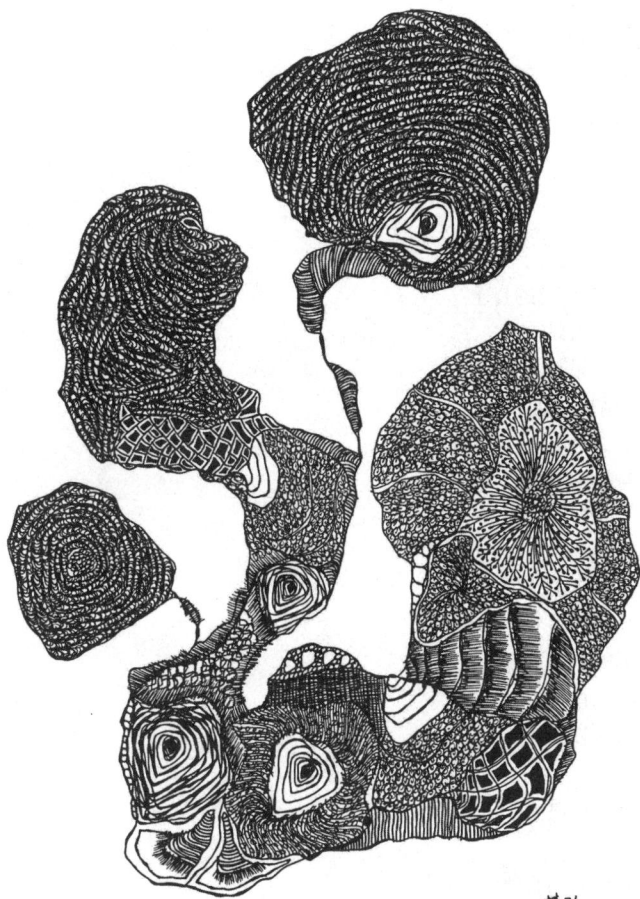

幽梦影
安琪 2020-3-25

南礼士路的春天（三首）

陵少

迟到的月亮：悼任识渊老师

那一年，我两岁
怎么也没办法喊出那轮
俄罗斯月亮，是你
替我加入他们的对话
在尼古拉一世与普希金虚构的
画面中，替我流下
缺席者的眼泪

1986 年夏天，那轮
被 T.T① 重新命名的月亮
33 年后，终于照到我的身上
那时候，我一个人站在
漆黑的巷子里，呆呆望着
被电线无序分割出来的天空
那轮被分割了的月亮
也照亮了我身后的万物

可那时间之外
和我同样凝视过它的人呢？
是否也同样被照亮过？
那么，它能不能照亮虚无？
并在虚无中照亮自己？
要是可以，请你告诉我：
都有谁被它照亮？
又是谁让它照亮自己？

推翻藩篱后的澄明与自喜
让我回到 1976 年，那一滴
遗失在汉语里的眼泪，我替你
重新流下……

---

① T.T，系任识渊老师女儿的昵称。

佑圣寺的下午

我也是佑圣寺那只误闯进来的
麻雀，不停地在低矮的蔷薇丛中
跳跃。又或者我是槭树下那个
在石条上打瞌睡的
乞丐，暖风中战栗的那朵
紫叶地丁。而实际上
我什么都不是

……我只不过是春天里，一个
在语言中漫步的书生
无所事事地在佑圣寺的下午
仰望天上——飘浮不定的白云

你可以把我想象成那些
垂丝海棠和
永定河畔的垂柳和蜻蜓
如果愿意，你还可以

向那个乞丐梦里
吹一口气，我想他一定
可以梦到普希金

南礼士路的春天

我也想像那个中年男人一样
跳到花坛上，对着天空
尖叫，我也想像他那样
拿出手机，在新吐的蕊中
找到春天，我也想
从这些相似的枝干里，找出
崭新的词语，也想用
一片新芽，唤醒体内长久的沉默

……捧在他手中的玉兰花
已经衰败，但榆叶梅却开得正艳
迎春花，连翘和紫叶碧桃
这些羞答答的女子

从聊斋里走来，陪伴一个书生
在异乡度过了漫长的冬天

而在故乡，一个女子用颤抖的手
打开忍冬卷曲的叶子，在细微的心事里
她分明看到——
一个被春风
吹到了长安街上的少年

陵少，本名任善武，1974 年 3 月生。2018 年 11 月北漂至今。自然资源作家协会驻会作家，湖北省作家协会会员，"垄上花开"文学汇创始人，主持《荆州晚报》"垄上诗荟"。北漂感言：北漂的两年多时间里，一方面深刻地感受到北京浓郁的文化氛围，在这里，你能够跟最优秀的诗人们最近距离地交流，向他们学习，从而提升自己，另一方面，那种无力感，那种焦灼感，让自己对未来的认识越来越清晰，越来越明确。

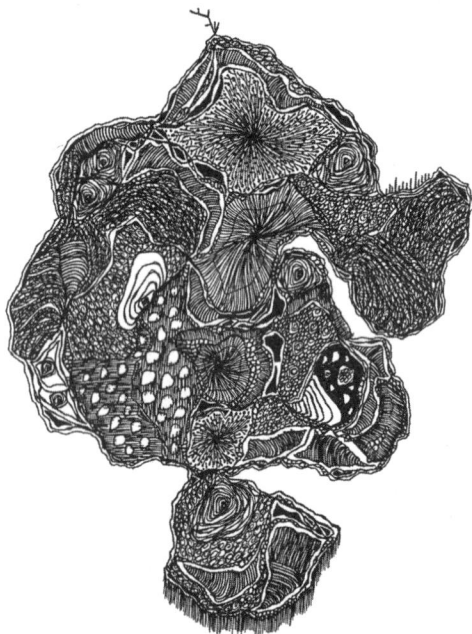

在大自然的语言里
守琪 2020-4-21

父亲的老苹果（二首）

李金龙

父亲的老苹果

请在一棵老苹果树下
参见时间的尺度
你心中的枯荣
掩不住容颜的苍劲
几十年的生育史
遭遇每年不期而至的风霜和冰雹
凋花堕果
你从来把保留下的希望
育成甘甜果实
多少老树成为农家火炕里的灰烬
一茬又一茬的树苗更换的山谷
总有坚守如你
用深入大地的根
喂养着岁月的味道

一个苹果

我用尽所有的技术
都没拍好一个苹果
母亲一边忙着采摘
一边对摆弄手机的我说
好的苹果要用圈尺去度量
如果不够尺寸
相当于白种了
我想，技术透视的世界
总有一些尺度
超越着大地万物文化的归属

李金龙，1989 年出生于甘肃省静宁县，2009 年求学来北京，毕业后长期留在北京工作生活。2007 年开始诗歌写作，一直基于田园和故乡书写。2017 年开始着力探索文学作品在乡村振兴中的深刻价值，2019年联合主编《故乡》《我的父亲母亲》《新诗三十三家》等作品集。北漂感言：人生有许多选择，哪里来无法选择，但到哪里去、在哪里停留是我们的选择，北漂也是一种选择，选择了北漂，那就活出诗意的生活。

梦想也是真理
安琪 2020-5-30

存在（五首）

金泽香

存在

相处久了，我也算知道
这座城市的一点历史

比如某处起了新楼
公交路线变更
街心立起公园
路边的槐树与月季比往年更繁茂

可它们通通不及
蓟门里小区西门，一间开了十年的
杭州包子铺闭店
带给我的震动大

他们与我一样从南方来
男的管和面收钱，女的是大厨兼清扫
有时店里只有我们三人，谁也不说话
多少个夜色笼起，
我吃着热乎的蒸饺与他们一起
驻守这方位于北三环闹市一隅的孤岛

没想到，小岛也有悄然下沉的一天
连大众点评都不知他们的去向

孤独

风吹落树叶与尘埃
吹得山月紧拥
星星颤抖，一粒粒掉落
太阳不为所动
花朵求饶
人们如蚂蚁急急钻进巢穴

风声盖过城市所有喧响
我坐在暖气未至的屋里
泛起一线哀伤
不为寒冷，仅为听见风的孤独
那是一种不被理解的
庞大的，歇斯底里又认命的
孤独

婴啼

婴儿号哭不止
他一生最痛快的哭泣
集中发生在这个时期

他哭的理由很多
没吃饱没穿暖没睡足没玩够
总之，芝麻大的事都能令他哭个不休

哭不仅是哭，还是控诉
那么长的哭泣声中
他的音调变换了几次，一次比一次猛

这是大人揣测婴儿心思，最专注的时刻
他们俯身听闻，一一试探

终于，婴儿停止哭泣
哼哼唧唧，满意地收兵

婴儿不知，这可能是他一生中
唯一屡战屡胜的日子

偶遇

二月的最后一天
四年才遇一次

想起有的人
这辈子只见过一次

然后呢
然后没了然后

所有的偶遇
是一场春雨落进土里

有的生了根
有的被风吹远了去

昨晚的事

昨夜大雨，伴有惊雷
这样的夜，在北方少见

雨淅淅沥沥下个不停
怀揣不少心事

到底憋不住，又哭又喊
发泄一场

翌日天晴，一切如常
大风扬起柳絮

我们面面相觑
谁也没提昨晚的事

金泽香，祖籍湖北武穴，生于1983年3月。2006年入京至今，就职于某互联网公司。爱好文学，文章散见于《北京文学》《中国青年》等刊物。北漂感言：听从心意，择喜爱之城而居，无关漂泊，而是一种生活方式，这也是我选择北京的缘由。居大城固然不易，倘以动态眼光看待生活与生命，从无"安定"一说。北漂十五年，未觉多艰辛，不是承受得少，而是早已与漂泊的宿命和解。吾心安处是吾乡。

写诗（二首）

王邦定

下班的路上

西四环，从北向南
右车道一男子
贴心抱着周岁模样的婴儿
单手开车
看着，看着
我泪流满面

那年，开始北漂
那年，孩子成了留守儿童

写诗

摸着黑过河，舢板在河面上颠簸
萤火虫的光照不了对岸

夜总是醒着。水姑娘在河底吐出
卡在喉咙的最后一个字
正默默寻找光明

杂草中的蟋蟀，单调的叫声
夜沉默不语

东方的鱼肚白，渐渐明朗
像利剑般刺痛夜行者的眼

王邦定，男，1975 年 9 月 23 日出生在浙江温州一个四面临水的大门岛上。2008 年北漂至今，现借居北京立垡村。

108

自己做野蛮荒野上的水（四首）

李爱莲

落

时间并不会停留在一片银杏叶上
秋天结束的时候，银杏叶像翅膀一样
每条脉搏插上一支羽毛
它发誓要放荡不羁一次
在迷途中一意孤行

令人迷醉的天空
这一次，它不让大地陪伴它
它正在通向天空的路上
这一次，它不让天空陪伴它
它正在坠向大地

它的身体很轻，是一只盘旋上空的飞鸟
它来自天空
它的身体很重，在阳光中慢慢下沉
它看见了真实的自己

生命正在回到它们通常的位置

一棵树，可以落雨也可以落雪
一个秋天，可以贮藏花朵散开的香气
可以缓慢果实成熟的脚步
关于那座山
是尘世给我们的启示登离山的一侧
生命正在回到它们通常的位置
故乡的那一边，天堂的那一边
许多时光来回踱步
等候着我们，散尽青春

自己做野蛮荒野上的水

下一场雪很有必要
单单那份白还不够，喧嚣变成安静
问候变成告别，到来变成消逝
路灯下的雪辨认出了自己

这个世界不会这样度日
耳朵和心，总要给它一个归处
我宁愿亲近你，受你驱使
自己溢满，自己降落，自己覆盖
自己做野蛮荒野上的水

秋天

日子猛烈而短暂
一抬头，流火一样的叶子刺伤了眼睛
有一种眩晕，摆动着秋天

头顶已经没有天空
一夜之间全部凋落
满地金黄色的目光
窥视谁是谁的替身

眼睛里空着一颗心
水，眼睛里偶然掠过的一小块黑色
一场短促的秋雨只有两行
一个干燥的雨后的天空
盐粒在眼睛里转动

李爱莲，宁夏西吉人，现居北京。中国作家协会会员，作品散见于《诗刊》《诗选刊》《飞天》《六盘山》等刊物，有作品入选多个诗歌选本，出版诗歌合集《六闲集》。

快递骑手（二首）

张灵

潋滟

十一月最后骤降的气温
是一簇冰冷的巨浪
兜头浇在这北方的山野村庄
和都市的街巷
我们生活在一只只小船上
我们防备不了天上的风云和海上的巨浪

又接近一年的终点
琐碎的事务
像流水账敛成堆
拖住了手脚
直到手机屏幕上一个红色 LOGO 里的 1 字
像一件突发事件
闯进视线
才发现急促的脚步无视自己周密的议程
它已经潋入了
十二月的界限
一些事情和心愿搁浅在了日历的那边
像疲惫的终于找到自我的鱼
搁浅在了荒凉的沙滩

动荡的心思
动荡的脚步
哪里有一片平静的水湾
等待着漂泊者在最后的晚霞敛起、城市的万家灯火
潋开的时分
放下不安的心帆
在一间蜗居暖色的窗下
像在一艘回归码头的巨轮上一样
安逸地数一数别人家灯火的星星，或
无所事事

无所思虑
享受一会儿没有焦虑
没有松弛
没有世界或一切的一切的
意识的熔断，乃至
虚无

快递骑手

谁这样晚了还在寒风中飞驰？
是一位快递哥
载着客户的美味在赶路
虽说深夜里行人车辆稀少了
但冷不丁也会有谁从哪里
冒出来
快递骑手的心弦不敢松啊
摔伤了自己明天还怎么接活！

谁这样热天还在骄阳下飞奔？
是一位快递哥
载着客户的货物在赶路
趁着白天多送货啊
乡下的孩子上学花钱多
穿小巷、走逆行
可得小心啊别惹祸
惹了祸一月的薪酬要泡汤

谁这样的丽日下急匆匆在飞奔？
是一位快递哥
载着一位男生送给女友的好礼物
趁着美天气多赶路
迟到了顾客会嗔怪
差评多了老板要扣钱
田里忙碌的老婆正眼巴巴望
年底了怎么讨欢喜

避红灯，走捷径
冒风雨，披星霜
是谁从你的身边飞驰过

电动车的背影像闪电
后架货箱上有"某某跑腿"的鲜明字样
趁着未老力气壮
眼观六路多谨慎
忍饥受累接单忙
多攒点积蓄养爹娘

张灵，男，1965 年出生，陕西洋县人，文学博士。中国政法大学教授。主要研究文艺
美学、当代文学、法治文化。出版有《叙述的源泉——莫言小说与民间文化中的生命主体精
神》(2010)、《知识哲学疏论》(2012)等著作，另有五十多篇相关论文发表。北漂感言：漂
是一种主动的与世界相逢的存在方式，我们和世界都在流动中。

你所说的曙光究竟是什么意思
安琪 2017-11-8

今夜我是平面的也是立体的（四首）

老巢

多么像失而复得的人生

不要太清楚
清楚的后面是冷漠的
真相，和一连串可以用数字
计算的爱恨情仇。不要
太明白，明白人只会折磨自己
入秋以来一场又一场的虚惊
把我从持续几年的噩梦中
惊醒。人间还是那个
人间，人，已经脱胎换骨

日月同辉是平常的事

我躺在今夜的京城
北京的夜里。与夜和城的
关系是通过一个躺字
解构的。我躺在沙发上
将通过若干个梦离开三维空间
去与另外的我更多个我
或做菩萨或做歹徒或做朵花
绽放出无数个人间
每一个人间都不值得

今夜我是平面的也是立体的

今夜我没多喝
送走朋友们一个人
坐在沙发上
抽烟，想四维空间的亲人
在心里念他们名字
比如我的父亲杨忠芳
是草字头的芳

他们看我可以是任何角度

他脸上流淌着雨包括泪

想大哭的人
一直在等天下雨

下雨天
他冲进雨里
不打伞也不穿雨衣
雨，把他淋湿透了

他在雨里傻笑着
雨越大，笑得越难看

老巢，原名杨义巢。20世纪60年代生于安徽巢湖，现居北京。1993年8月开始北漂。巢时代影业总裁，"诗歌中国网"主编。出版有诗集《风行大地》《老巢短诗选》《巢时代》《时间的态度》等。获全国年度"优秀诗集奖"、年度"十佳诗人"称号和"诗歌贡献奖"等。

天伦德/安琪 2020-9-19

旅

萨如拉

把时间托付给闹钟
旅人与床铺之间的情话
比黑夜深沉
黎明即醒的梦
叹息着钻入夜幕的腹腔
它们慌忙地赶路
一路收集夜的盛宴里迷途的故事

上帝的灵感源自飞鸟
空间最多也只是
指尖滚动的时刻表
自由的含义
人类的欲求
穿过云的这一端抵达那一端
越播越远

萨如拉，来自内蒙古自治区锡林郭勒草原，现居住北京。一直以来从事自由职业，视阅
读为生命的一部分。曾发表《草原上的马兰花》等作品，用个人的视角称颂和记录着生命与
世界之间的奇妙而伟大的联系。

顿悟（六首）

叶匡政

位置

十月，一从餐桌边站起
就感到茫然若失
已是秋天，每一扇窗户都阴下了脸

我经历过最初教育：咀嚼时
不发出噪音
那些有耐心的人会得到祝福
人长着圆圆的嘴
按捺不住要吃尽碗中的一切

我屈从于我的脚，我跪着的膝盖
我屈从于手上戴着的结婚金戒
我屈从于
我已吃掉的一切

我屈从于那只忙碌的老鼠
每天深夜，它在黑暗的厨房
向我传来生存严酷的回响

九月，另一个我

他们将对虚无的忍受
称为生命。将这无助，这说谎的嗓门
这黏土般易碎的躯体，称为人

我为何悲哀？九月
坐在书桌前的
完全是个陌生人。他用我的笔，和灯
他打开我的窗子
我咬着尖刀，多少次，想冲上去
刺穿他貌似平静的背影

那是他的方式，恰好这么麻木
这么愚蠢。因发胖
对一切掉以轻心

我憎恨这份契约
憎恨他接听电话的热情，午睡时
嘴角拖长的涎水
因伤害太深，而不屑痛苦

为了他终将泯灭的光荣和希望
我静静地躺下
当我被他的谎言惊醒时
我仍把他的无耻、他的怯懦
称为生活

夫妻肖像

星期天的正午首先在嗅觉中降临
虽然，屋外的太阳
还像一袋蓬松的锯屑
潮湿的衣物，在空中漫步

我食指上的墨水斑
是整个上午唯一的奇迹
她操着针线的手，慢下来
似乎要从伤痛中
抽出新的伤痛

那些认为我们幸福的眼睛
纷纷走进厨房
沉闷的正午，总有婴儿诞生
总有新鲜的绿叶被塞到阳光下
我好像听见
那微光中的呼喊

有多少我们爱上又错过的事物
把我们留在深深的债务中

周末

深秋购物的妇女们
她也在中间，几乎要哭
破旧的手扶电梯，升向三楼
那红色羽绒服紧裹的愤怒

她闻到河南皮件的腥味
闻到宁波的黄昏，脸上泛起
秘书般的红晕
过道的玻璃门，像个惹人的男孩
被重重推开

她从一楼，来到六楼
从六楼，回到一楼。什么也没买
试衣镜里，一张张消失的面孔
咧着嘴
笑得呛出了牙齿
那些黑色弹力裤绷紧的弯腿
毫无缘由地……与她拉开距离

蹲在暗处的邮筒，绿得让人心碎
昨夜的寒流也侵袭过它们的身体
秋风在梧桐树下奔跑——
像个疯子
不断撞到沿街的行人

对话

忘记那幢大厦
忘记它迅疾的网。人们游荡着
黑发掩盖了欲裂的头颅

把脸转向沉默的机床
忧伤消失得那么快。在这里
我的生命是磨损钢铁的野兽
是无辜又无痕的肉体
多少勤勉的白昼，我错怪了自己
错怪了自己的孤独

错怪了自己的恍惚

现在，我要闭上天空留在我体内的
那只微小的眼。现在，我要盘旋
绕着工厂这座迷狂的钢铁森林
现在，我要卸下脑内的知识，让搬运工
把它堆弃在空空的楼顶

我沉睡过
也忙碌过。顺应过，也抗拒过
我似乎朝着一个方向
多少非人的意志！每当暮色降临
在冰冷的车间里
我急不可耐地撕下两只肮脏的手套

我对自己说：你，
才是我渴望穿透的黑暗！

顿悟

为什么是我
留下一张肥胖的脸
在远处城郊那间湿暗的商铺
在千里之外，上海，那个颓靡的咖啡屋

我曾是那么多陌生的、不同的人
像一小块尘土
我已证悟，我真正的生命
绝不是这一次

叶匡政，1969 年 4 月出生，合肥人，现居北京。诗人，学者，文化批评家。1986 年开始在文学杂志发表诗作，作品入选《中国第四代诗人诗选》《中间代诗全集》等百余种诗歌选本。著有诗集《城市书》《思想起》、文化评论集《格外谈》《可以论》《未必说》等，编有《孙中山在说》《大往事》等书，主编过"华语新经典文库""非主流文学典藏""独立文学典藏"等多套丛书。《南方周末》《新京报》《北京青年报》等数十家海内外华文媒体的专栏作家。2016 年 12 月至 2017 年 4 月，于日本早稻田大学做访问学者。2009 年至今任香港《凤凰周刊》主笔。

心疼（三首）

颜海峰

不出意外

不出意外，我会爱你至死
头颅不能给你做花瓶，但我的骨灰
可以做养料化入你的姹紫嫣红

不出意外，粉红色的雪会一直下
覆满春天的衣架与媾和的床，让
一切暧昧的光融化在太阳的心尖上

不出意外，手指拨掉白天就会唱歌
黑夜走进瞳孔后流下英雄的血
而我把你影子紧紧地包上我的孤独

不出意外，我会坦诚对待每一个
爱上我小腹便便额头闪亮的人
我会告诉她们，我只想静静

不出意外，这是一首杂糅主义的诗
浪漫后隐藏胸臆，超出现实后回归
口语，万变不离四月的宗旨

讲座

席地而坐，我不认识你，你也不认识我
你笑，我也笑，你哭，我也表现得很难过
我们都是虚假的社会性动物，谁也
不能进入谁的本身，我们身处社会之中
没有哪一根记忆插入我们共生的土壤
在拔出来它的根须之后我们仍可以
互诉衷情或者共享扎入地下时被砾石磨糙的
爱的或恨的经络。我们席地而坐，面面相觑
谁也不进入谁的土壤，我们是社会性的动物

心疼

我心疼！捧一颗不敢跳动的心脏
模仿旷世的爱恋和不羁的魂灵
拙劣吗？仅仅因为我一只手抚在胸口
上的姿态太过妖娆？可那颗心脏
一直在跳，在世俗的静寂湖心，扩约
出一环环黑色的眼圈。我看到你那
黑色的眼圈，是爱喜的烟熏，也是你
愤世嫉俗的波西米亚情结系成的一个个扣
我还能怎样熨平你褶皱的心情呢？
除了在夜里多燃几盏心灯

颜海峰，诗人，译者，山东政法学院副教授，北京外国语大学博士研究生。兼任中国比
较文明学会理事、《国际诗歌翻译》客座总编、《诗殿堂》执行主编等职。出版编译著十余
种，发表译诗、新诗、古体诗近千首，散见于《江南诗》《双年诗经》《中国诗选》等期刊或
选本。

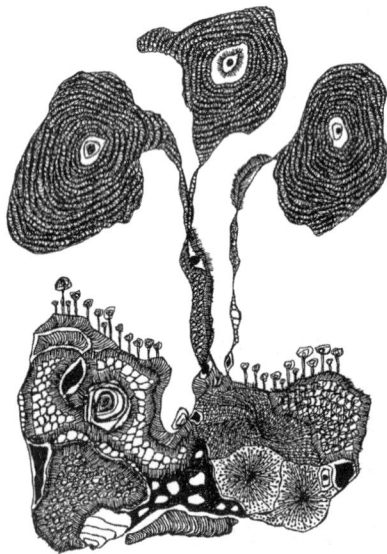

冬天里的一把火（五首）

李荼

公交车

因为疫情
公交车里只坐了几个人

风，像生命扑进来
我们都觉得，我们只活了自己的一半
另一半，不知去哪了。

建国门内大街

我每次路过建国门内大街
都会被那里高档的商务酒店吸引
赞叹它设计精巧的露天阳台
这样的酒店，它高昂的房价不是平常人能住得起的
但其实咬下牙跺下脚也能住得起
我相信
在这条消费高昂的街道上
穷人也不会坦然到什么想法都没有
而不是穷人的人反而像穷人，什么都不想

一个女孩是如何吃米线的

挑一口米线
挖一勺汤
夹一口凉菜
吸一口冷饮
看两眼手机
把手机贴耳边听语音
又吸一口冷饮
抽一张纸擦嘴
把头发向后拢
做了个扎辫子的动作

又把头发放下来
拿着饮料离开

寂寞的时候

我寂寞的时候
就去潞河医院旁边的小物美
买一根冰棍
回来
坐在小区花园的长椅上
慢慢吃

冬天里的一把火

买了几个柿子椒
付账时
微信页面弹出
"请向冬天里的一把火付款"

李荼，70后诗人。写诗也写小说。北漂感言：北漂生活给了我独一无二的人生体验。只有一次。即便到了另一个世界，我也希望它能独一无二地保留下来。

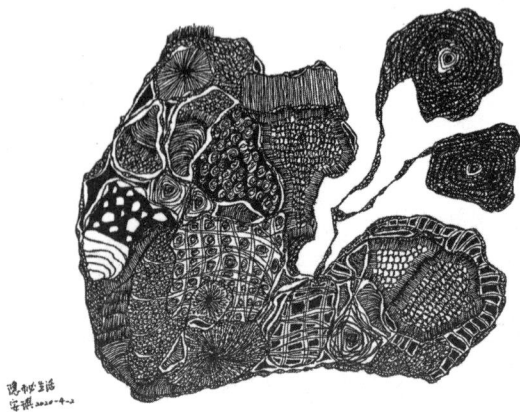

微信里一片洁白（三首）

微信里一片洁白

地铁到站，一个人起身，我坐上了
他空出的座位。片刻的歇息，我暂且忽略
刚才抢座的窘迫

打开微信，见老板刚刚发出
一张雪的图片。同事们和活在这座城市的
朋友们
不约而同，都贴出了雪
不同的是：
有的雪在楼顶上车盖上，有的雪在茫茫的郊外
有的雪那么逼仄，只是墙和窗子之间一小块白

我也拍下了雪的照片。这是
入冬的第一场雪
仿佛等待已久，我们都渴望见到它
我们那么一致

——我信这拥挤的地铁
每个人都怀着一片雪，只待我们相识

从前的雪

那时，母亲常常焦虑，冬天到来
更让她愁眉不展
四个孩子
有两个还没有穿上过冬的棉鞋
养的鸡有几只也停止了下蛋

那天晚上，我在油灯下写作业
歪躺的字
被纳鞋底的她教训得

一个一个重新站起来
我的父亲去亲戚家借钱还没有回家
灶火渐凉，天阴沉得很重

第二天早起时
忽听见母亲叫我：快来看，下雪啦
门外大雪飞扬
我辨不出母亲飘扬的声调，是欣喜？
还是悲伤？

麦地上的雪

阳光在麦地上赶着雪
左一下右一下
把一小片一小片雪赶进
麦苗的根脉里
这让我想起小时候我赶着羊群进圈
羊挤着羊
钻进木条的栅栏
那时我年少像晃眼的光
心里的雪奔跑着无序的四蹄
而今，我更像一圈漏风的栅栏
我抱着雪，恩感惠赐
对未知的将来心存戒备

冯朝军，河南固始人，20世纪70年代生人，北漂十余年。诗歌作品见于《星星》《诗潮》《中国诗歌》《草原》《奔流》等文学期刊。北漂感言：梦想不死，北漂继续。

小挽歌

祥子

真是好，仙奴耸动着肩，复习着
完美的猫步。鸟群在窗外闪烁了一下，
蓝色的眼波淹没了房间。

仙奴在徒劳地追逐尾巴，快乐
如此轻盈，轻巧，又过于轻易。
追，追，追逐着一团虚无。

忽然张开优雅的嘴，打哈欠——
狮子的前世转瞬即逝，返回妩媚。
身体里藏着九个呢，各自过着日子。

十四年，囚禁在各色的公寓里。
搬家，被动地旅行，穿越南北，
有一万里那么长。坐过飞机，站在
羡慕的飞鸟头上。

仙奴只是一件行李，裘皮下
装载着我模拟的各种柔情。怎么可能像呢?
有九个呢，我一个都不了解。

一个可能爱我，深结幽怨。一个
可能只爱自己，日日舔抚着身体。
一个漫不经心，拨弄抛来的纸杯。

一个一直在狩猎，那个小男孩
也是假想敌。一个一直在卑微地取悦，
有些生硬，只想让老少年拍她，拍……
天长地久地拍下去。

一个被我死去的母亲占据了，会用
苍老的神情看我。一个来了不久，
是我的姐姐，不出一声，静静地卧着。

一个假装骄纵，扮演着我的女儿。
一个深深地隐藏，不露一丝破绽，
从不让人看见。

夏风骤起，九个仙奴手拉着手，飘飘摇摇
像一条灵魂编织的鞭子，一下一下
……抽在我不愿松开的手上。

　　祥子，20世纪90年代活跃在广东诗坛，参与编辑过民刊《返回》《面影》《声音》等，
后停写十余年。2009年入京，2016年恢复诗歌及小说写作。

梦想亮光里的舞蹈／安琪
2017-7-11

活着（四首）

娜仁朵兰

我偷偷来看你

我偷偷来看你
你站在枝头
高傲地向春天微笑

我用逸动的眼神看你
你是粉色的花朵
一个人在空中飞舞

春天来了　你也想春天
藏不住你内心的恐惧和好奇
在所有的万花丛中独树一帜

我偷偷地来看你了
不仅仅你是一朵挣脱世俗的花朵
你更是我日夜思念的春天
和奔放的自由

活着

别说太多
生命就是挣脱
五千年
谁逃过生死
不要紧跟着旋涡
睡好觉　不做梦
才是真正的生活
抚摸着风　呼吸着气
那才是真正的快乐
什么都没有
也是拥有生命的
执着

谁能　在人间
永恒不落

今夜

今夜像黑炭
燃烧了我的名字
五千年
没人记起
只有你
从天边
把我重新
拾起

知秋

冷了
不仅只有叶子知道
腿知道
路知道
甚至马路上飞起的尘埃也知道
秋天艳阳高照
果实成熟需要
人类补钙也需要

我走在某个大院里
感到一丝丝冰凉
这里虽有高楼大厦
芸芸众生中的我只是过客
我是一片秋天的叶子
经不起冷风严霜
我会由绿变黄
会枯萎败落
会凋零返乡

只有再来一个春天
才会沐浴骄阳
吐绿
发芽

成长
茁壮
变成参天之树
拥抱季节轮回的朝阳

娜仁朵兰，原名王庆艳。北京市海淀区作家协会会员。中央电视台《大爱真情》2017年爱心形象大使，2018年正能量之星。中国传媒大学硕士，毕业后留校兼职教学。曾在中央电视台《东方时空》任记者，在松原电视台主持《松原人物》等。曾出版诗集《耳语苍穹》。

浮不可测的飞翔
安琪 2020-5-6

佩剑的蚂蚁（二首）

崔家妹

佩剑的蚂蚁

春天还冷的房间
吞掉了一个又一个日子
我在里面
寸步难行逐渐衰老
时间碾过我留下痕迹
地板桌子沙发书架冰箱窗户都
原封不动
我们哪能熬过万物生长

一只佩剑的蚂蚁走失了方向
它一直走一直走就像没有迷惘
白天，抽出剑挥舞
与别人作战
夜晚，抽出剑挥舞
与自己作战

刀光剑影
剑刃一次又一次被希望包紧
剑鞘一次又一次被失望出鞘
无疾而终

黄昏

黄昏　无为
看金黄撤退
留一个答案
防守　进攻
一百个问题

崔家妹，1994 年生于重庆，2017 年开始北漂。北漂感言：诗歌会包容任何一种生活。

春天是静默的（三首）

黑鸟之翼

春天是静默的

春天是静默的，
樱花开得多么孤独。
麻雀振动翅膀，
从一棵树上飞向另一棵树，他们
是这春的乐章里
灵动的音符。
一场疫情，
一座城的生与死都很沉重；
一场疫情，
是这个国家记忆里永久的伤痕。

我们承受了太多哀伤。
素白樱花，开成肃穆的哀悼词
草木萌动的
三月，
正揭去死亡的封印。
苦难还未终结，
幸运的是，我们被一群勇士
保护着，
他们在竭力付出。

树的颂歌

旷野中一棵树，
兀自耸立。
石头，石头，贫瘠的土地。
穿透石头的缝隙，把根扎向泥土，
它把枝叶向天空舒展，
金色的树叶，
在向晚的风中沙沙地响。

树孤独地存在，
树冠隐蔽着麻雀们的家园
小麻雀，在枝间
跳来跳去；
小麻雀，每一只麻雀
都用翅膀丈量过天空的广阔。

一匹马驮走了落日，
孤独的树，在黄昏里留下巨大的阴影。

时间的无垠，
覆盖了苦难的过去，
命运的疤痕永远不为人所知。
但，一棵树在我的身体里，
它的根扎进我的血管；
我的肉体
终将是腐朽的躯壳，
而树的坚韧，以及神奇的生命力，
将予生存新的定义。

夜曲

我们是孤独的小兽
需要拥抱的暖度安慰彼此

蜕去尘世的伪装，我们赤诚相对
灵魂的撞击与升华

像一个翻倒的陶罐
皎月的光辉倾泻，与湖水的胴体交融

时间蕴金，轻触渐将衰老的容颜
我有一颗满怀激情的心

是的，我们还年轻
对美好的事物有过多的热爱

万物在生长，鱼群在水草中游弋
此刻，世界多美好

月光轻吻微漾的湖水
风吹麦浪，你身体里的花朵在开放
战栗

　　黑鸟之翼，本名李敬波，1972 年 10 月生于吉林辽源。2003 年来北京至今，其间做过几年生意，现在首都国际机场一家航空地面服务公司工作。北漂感言：北漂十余载，从陌生到熟悉，这座城市承载着我太多的情感，故乡已成为回不去的故乡。

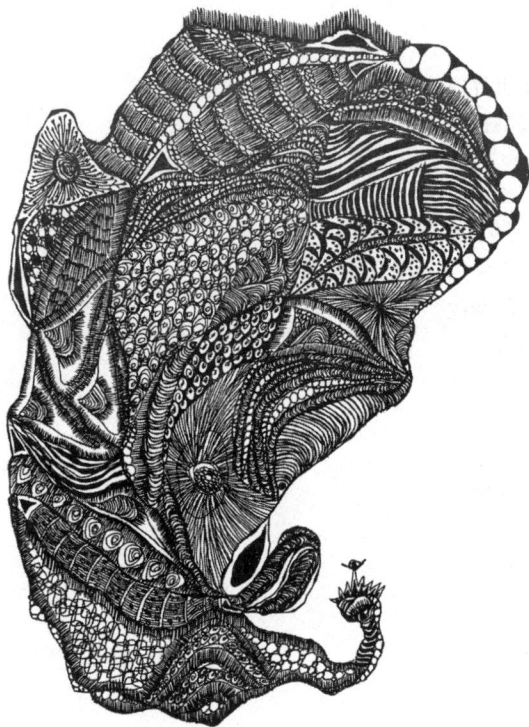

神的孩子全跳舞。/安琪
2019-6-25

灵魂的路径（三首）

内心的交响

孤独的人将永远孤独
不被众人理解的痛苦
永远刺伤这颗敏感的心
我的内心是一曲欢乐和忧伤的交响
我的左眼盛满海水
右眼却绽放火焰
我的左手握着快乐
右手却抓住痛苦
平衡构成了整个世界
而世界安放了我的孤独

灵魂的路径

积累与酝酿
只为等待那美丽的释放
悬崖上的孤独午餐
赴一场人间的约会
然后
在喧嚣中追寻到宁静
在平淡中追寻到喜悦
在漫长中学会等待
在无尽中学会前行
然后
在黑暗中仰望光明
在大地中拥抱天空

拥抱

拥抱山川入怀
拥抱天空和大海
拥抱土地和月亮

拥抱一朵花的温柔
拥抱星星
拥抱欢笑和眼泪
拥抱时间
拥抱所有悲伤的心灵
拥抱眼睛
然后把它们画入画里
然后走入异乡的风里

王茜，笔名德西，生于 1986 年。自 2017 年开始独立北漂。

西阳东组 / 安琪
2020-7-26

天空落叶（三首）

宋德丽

天空落叶

把树叶揉碎
交给风
把穿越时空的爱
交给一双脚
走过千山万水
忠实记下爱的脚步

托起万物众生
人间烟火
生生灭灭
真正的永恒是无言的
天空落叶飘落
留下生死的爱

思念

月亮一遍一遍转动在我的眼里
眼瞳爬满远方的思念
月亮下住着我的亲人

我一遍一遍呼唤
落在河流中的月亮
一条思念的伤痛
一寸一寸收紧撕裂的土地
波光粼粼人间烟火
弥漫在我的生命中

我一遍一遍仰望
银河中的月亮
它在我的眼里干涸、生锈
如母亲流淌的眼泪

河流

行走在云南高山峡谷中
有许多河流
从我们身边流过
天空云朵飘河面
翻过千山万壑
我听到河流的声音
偶有村民划过木筏
一些山脉河流
静静流淌
天空江鸥自由飞翔

雨季汹涌的河水
卷走山石泥土染红河流
如血液从大山奔流
河两岸村庄
人们永远不会相见
我走到故乡的任何一个地方
常听人们谈论这些河流
如血液如泥石流淌
人们谈论自己家园生死抗争与逃亡

宋德丽，中国作家协会会员，中国诗歌协会会员。曾在《诗刊》《人民文学》《诗探索》等刊物发表作品。曾获"全国青年诗歌奖"等文学创作奖。著有诗集《瞳仁里的月亮》《隐形岁月》《翅膀上的神灵》。

花梨坎（四首）

罗佐欧

分钟寺

此时此刻，我所能感受到的美
是看见自己在这片不断拆迁的凌乱废墟上
仅剩的几所公寓里每天安然地起居。
是被这座巨大的城市和它的人群淹没后
内心依然充盈着私密的爱、回忆和渴望。
是在身体的疾病与心灵的痛苦持久的挣扎中
再一次被生命本能焕发的热情所激荡。
是友人从车祸和死亡的边缘返回
使我猛然体会活在这世上本身包含的无止境的欢乐。

鲁谷村

夜色如蜜抚慰我的忧伤。
月光之下，狭长的树林和寂静小路。
多久了！这珍贵的、比月亮还逼真的安宁。
白色列车轰鸣而过，颤动的亮窗和看不清的面孔
如同在忙碌中飞奔的日子，使我惊讶。
——我更努力也更痛苦地在尘世活着。
听任孤独像人群激荡在这座城市一样在我体内
日益地膨胀。

玉渊潭

晚风轻抚宽阔湖面
波纹揉碎彩色灯光长长的倒影。
月色中，天空静默，
听岸边传来萨克斯版《白桦树》。
我告诉你：美好的时刻
总是珍贵得令人忧伤。
注视着你安静的身影
像闪光灯猛然窥见樱花的美。

我最终却没有说出——
在又一次走到深深的绝望之境，
是你，带给我春天般汹涌而来的甜蜜。

花梨坎

甜蜜的痛，疾病，纷飞的雪花，
大雨彻夜轰鸣，
它们来过，又转瞬即逝——
在忙碌与不安中度过的一年。
被纷乱坍塌的世界裹挟的一年。
始终爱着却永远无法接近的一年。
多少次，从人群和喧嚣中返回
同样朴素的宁静使我战栗——
一如深夜醒来的虚无
有时细若针孔，有时能吐纳星辰。

罗佐欧，广西人，1990 年 5 月生。编辑、业余书评人，作品发表于《诗刊》《中国文化报》等，有诗歌收录于诗集《相遇》。2015 年 7 月来到北京，开始北漂生活。北漂感言：我走遍这个城市的每个角落，依然没能找到归宿感，但它却是目前为止，我所能想到的最适合自己生活的地方。

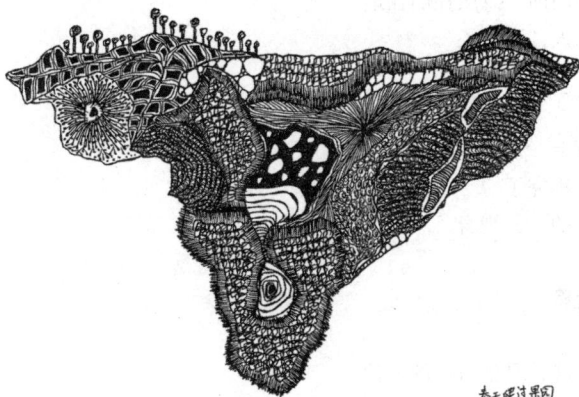

春天爬过果园
宇琪 2020-3-31

没有夜色的夜晚（六首）

牧野

彼岸

我来到河边，是要到对岸
去见一位朋友
我这位朋友
早年和我有约
老死不相往来
但我还是想他
想看看他现在的样子
听听他会说些什么
多少次，我来到河边
对着河水发呆
多少次原路折返
已经记不得了
我知道他
就住在对面的山林里
只是不能确认他是否还在

转世

他走到转世的门前，忽然扑倒在地
一路护送他的人，不见了
他试图爬起来，但没有成功
一只高跟鞋
钉在了他的背上
他明白，一切都完了
那个并不存在的人，现身了

没有夜色的夜晚

没有夜色的夜晚，是他身份的铭记
他在月亮灭失的时候
到了一片虚拟的原始森林

印象中，树木燃烧起来
紫红色的林间小路
流淌着平静的玫瑰与空气
他在一匹马的注视下，止住脚步
尽力保持最大可能的信任
他知道，那个生死相依的女人
不会再来了，他想一定是
那匹马的眼神，出卖了自己

它们借我的嘴巴说谎

时候到了，我明白那是什么
而那些，不是什么
这不重要，一点也不重要
它们，不会再是别的
我从它们那儿，借来
耳鼻眼舌口
它们
借我的嘴巴说谎
有时，它们出于同情
让我一个人回去，变回我自己——

作者

我将小说放回一个抽屉里
然后上了锁
这样我便可以
随意折叠一首小诗
或一支远古传来的曲子
我不需要认识乐谱
就像总不想出门
又总是遇见小说里的作者

未来与祝福

我写下一串阿拉伯数字
在我手机的便签上
只有我知道它是什么
某一日，也许明年的今日

它和一束玫瑰同步
一时，明白过来
我终于明白现在的自己
一次次的告别，只是
为你的出现——预习——排练
已经太久太久的期待与相信
像一首茫然响起的音乐
在你遭遇的高铁车站
一切的一，一的一切
仿佛没有任何理由的存在
而当你再次叩响
车站播音室的那支曲子
你惊动了帝国一座城市
哦，小小的宝贝，也请你——
转过身去，原谅我与世隔绝的胆怯——

牧野，本名张思荣，男，20世纪60年代生于安徽涡阳，2002年至今在京。诗人，策展人，艺术批评家。近二十年来，策划执行诗歌、艺术活动百余场，横跨诗歌、艺术两界。北漂感言：北漂是"寻找失去的现在"。

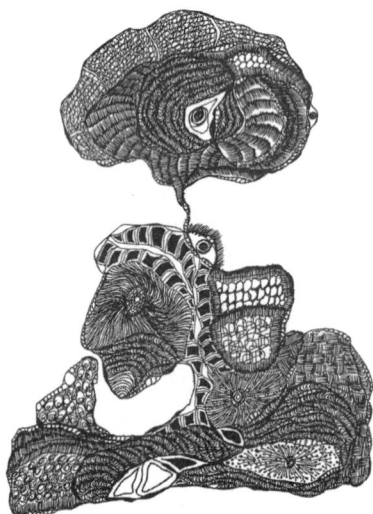

世界尽头与冷酷仙境
宴琪 2019-7-19

我给故乡的定义（三首）

陈家忠

故乡

在他乡生活久了
就会思念故乡
时间像一把利刃
划破我的身体
伤口不容易愈合

当有一天我走在他乡的街道上
耳畔传来一句熟稔的乡音
如同一贴膏药
"啪"地一下贴在我的伤口上
竟然愈合了

在他乡遇见一位素昧平生的老乡
真的是老乡见老乡
两眼泪汪汪
那一句熟稔的乡音
拉近了我们之间的距离

夜晚斟满那一句土得掉渣的乡音
一饮而尽
感觉是那么的浓烈和醇香
子夜时分乡音还从窗户里敲开我的乡愁
梦呓里我呼唤故乡的地名
双眼里流下的两行清泪
是我对故乡无尽的眷恋

我给故乡的定义

没有出过远门的人
不会懂得什么是故乡
故乡是远去的父母

那矮矮的长满萋萋野草的坟茔
每年的清明抑或中元
都会在泪光中
戳痛游子的心

假如有一天
我魂归他乡
我不能陪伴父母的身旁
请将我的墓碑向着老家的方向
就如同我少年时代犯错
父亲正襟危坐
我则低首挨训的样子

梦

一只鸟遗落在翠湖湖畔的那一只蛋
已经很久了
我不知道鸟是何时诞出那只蛋
但是我却从湖畔上伫立的那棵垂柳上
看到那只鸟儿飞翔的痕迹

鸟儿飞走了
留下一个梦
其实那只鸟蛋和我近在咫尺
然而我不敢触摸
更不敢大声喧哗
我怕惊扰蛋壳里鸟儿的天堂

陈家忠（1969 —），男，江苏省宿迁市宿豫区人。中国传记文学学会理事、中国诗歌学会会员。现为北京强国之梦文化传媒有限公司董事长。1987 年开始文学创作，已发表报告文学、传记文学、散文、诗歌三百多万字。已出版《诗歌精品鉴赏》《小说名著导读》《为生命喝彩》《他们感动中国》等。散文代表作《敬畏生命》被选入大学教材。北漂感言：北漂二十年，与其说是一场青春的放逐，倒不如说是砥砺前行的励志的足迹。为了梦想而奋斗的日子里，对着镜子看着自己渐渐老去的容颜，我也会豪迈地说"青春无悔"！

赶公交（三首）

超侠

不归路

明知要踏上的是一条不归路
也硬着头皮还有钢骨
指向北方
那里有梦想
可以供青春挥洒

艰难、困苦、地下、幽暗
蚁的生活
给了我们最脚踏实地的力量
再也不会忧伤
不屈不挠的顽强
与一簇墙脚被践踏的小草一样
只要遇到合适的水与光
以及冰冷中的一点温暖
照样能一次次地展露微笑的芽花

在这深不见底的金字塔里
奋力如一根青松
往有光的天上生长
永不做那无骨的藤蔓
去牵扯、去抓爬、去附着
即便爬到顶端
也是没有脚和脊梁的软蛋

在这条不归路上
寻找的是永恒的归途

送友

秋叶在我们的脚下流淌
金黄从水面上掠过

像披着阳光的白鸽
携来了精美和灿烂

两个人拖着拉杆箱
谈笑中拍了一张永恒的照片
在后面跟随重组捕捉
秋叶的美
也捕捉那份情谊

拉杆箱的身影
像一首老旧的歌
但碾过了落叶
一分为二
叶破茧成蝶
飞过行走的街道和桥
唯一留下的
是秋天最后留恋大地的身影

赶公交

秋夜离愁
早晨离别
一步一摇
在梦中上路

煎饼摊的香味
带来了晨之味
公交还有 7 分钟才到

人群熙攘依次排队
像一群迁徙的大雁
迎着朝阳走向工作岗位

晨跑的人豁出动能
口罩后面一双双无辜的眼
悠闲在运动中组合排列

远方的飞机拉起一线白烟
是逆天的流星

给天划下的剑痕
它也在迎向新的一天

　　超侠，原名尹超。科幻作家、编剧、诗人。中国作家协会会员，中国科普作家协会会员，中国电影家协会会员。鲁迅文学院第30届高研班学员。供职于中国作家网，成都文学院签约作家。主要作品有《少年冒险侠系列》《超侠小特工》等，编剧作品有《决战暗魂》《高手》《皇城相府》《常夜灯》等，多部作品被拍摄成影视，制作成动漫，改编为游戏。北漂感言：北漂十八年，感觉一条好汉诞生，基本没有吃过什么苦，只因那些苦其实不算是苦，苦中有乐，乐观积极，才能把苦吃成甘醇的咖啡，产生清醒的动力。

胡烜/宗琪
2020-10-11

一根白发（二首）

郑成美

一根白发

一根白发，
像一缕遗留的月光，
在对面的山岗，
在幽密的草原，
在遥远的彼岸，
闪着岁月的光芒。

我毫不犹豫地将它薅掉，
随手掷在地上，
只听得当啷一声，
是谁？
把暮钟撞响！

一堆香烟头

一堆香烟头
在角落里躺着
一个紧挨着一个
看上去有点苍凉
那是我丈夫的"杰作"
在我看来，没有任何意义
不过是，一截截
被废弃的金钱、光阴
与生命

郑成美，女，生于山东日照，后到黑龙江嫩江，现居北京。中华诗词学会会员、黑龙江省作家协会会员。出版诗集《山野清风》、合集《中华诗词十二家》。诗文入选多个选本。有诗文发表于《京华时报》《中华诗词》《诗词家》《诗选刊》《长江诗歌》等。诗歌作品曾多次获奖。

通天塔的诱惑（四首）

曹谁

房子树

飞机在不断升高
大地上开出花朵
一丛一丛的房子开成花
如同水底的忍冬
屋顶伸出花朵
草坪长出绿叶
蚂蚁抬头看着人类
人类抬头看着飞机
我们一生都追寻着
无法理解的人生

通天塔的诱惑

光明照亮一切
从十三个方向
所有的人都被圈禁在高墙内
你借助语言的力量
曾经瞥见通天塔顶
那一秒钟的光
比所有的爱都愉悦
比所有的梦都美好
他们都说那是骗局
可眼睛怎么会欺骗
你曾经见过最美好的世界
你无法阻挡对光明的追寻
他们开始念念有词
借助声音的力量
我们一定要抵达通天塔顶

心脏长出蓝色的诸葛花

我们被囚禁在一座城堡
只有我被获准出去散步
我走在光亮的草地上
看到满地的野花
蓝色小花如同纶巾
绿色叶子好似羽扇
他们说这是聪明的诸葛花
我摘下一束诸葛花
偷偷带进我们的古堡
冷不防插在你的头顶
你会成为女王
你会拥有智慧
只要你信念足够坚实
心脏会长出蓝色花朵
我们就戴着蓝色的诸葛花
在孤独的城堡中翩翩起舞
整个星空都围绕我们旋转
整个宇宙都聚集我们头顶
这世上没有什么事我们做不成

敖德萨的天启

我们把时光捕捉
影视剧成为救赎
敖德萨，敖德萨
他在黑海边喃喃自语
普罗米修斯在高加索点燃火把
人类在前行
文字是一种迫不得已
我们用摄像机捕捉火光
保尔·柯察金眼睛放光
冬妮娅已经随风远去
辛德勒在酒馆中滔滔不绝
我也端着酒杯跟人谈笑风生
杜弗兰在监狱中挖掘地道
我也在暗夜挖掘人生的通道
帕西诺的柯里昂家族是新的罗马帝国

我们要经营庞大的人脉圈
小指头贝里席公爵说混乱是权力阶梯
我们要在混乱中无中生有
努基在大西洋帝国逼迫敖德萨的黑帮
敖德萨，敖德萨
小人物杀死小人物又有谁在意
元老院的议员刺死凯撒
绿林好汉推翻王莽
普罗米修斯点燃的火把已经熄灭
我心中的火却被点燃
敖德萨，敖德萨
潮白河前的北京
台伯河前的罗马
我们的千军万马在地平线上涌出
马蹄踏着草地上的小花
面对繁华的都市
我们准备去征服

曹谁，原名曹宏波，字亚欧，号通天塔主。1983 年生于山西榆社。青年诗人、作家、编剧、翻译家，北京师范大学文学硕士。中国作家协会会员，中国电影文学学会会员，《大诗刊》执行主编，《汉诗三百首》执行主编。著有诗集《冷抒情》《亚欧大陆地史诗》《通天塔之歌》等七部，长篇小说《巴别塔尖》《昆仑秘史》（三部曲）《雪豹王子》等九部，写有电影剧本《功夫小鬼》、电视剧本《孔雀王》等。2015 年北漂至今。北漂感言：北京是中国最多元化的城市，在北京居住的人能在自己胸中修成最深的城府，在这里我们才能理解神州大地，在这里我们才能融合各种文学思潮，去一步步靠近自己的梦。

在北京感受清明（三首）

王德领

中元节

已是深夜
鼓楼外大街路口处
火光映红了一对夫妻的脸
我不知道是否有亲人的魂魄
在火上舞蹈

骑着共享单车回家
夜凉如水
沿途都是烧纸的灰烬
鼓楼兀自立着
像一个长生不老的人

黄表纸燃烧的气味
灵魂的气味
女子香水的气味
中元节在午夜消失

我在回家
如一个孤独的游魂
路途熟悉又陌生

遛狗的女人

深夜小区的草坪里
昏暗的灯光下
我看到一个女人
长久地蹲下身子
俯下头

她捧着爱犬的头部
整个脸埋在上面

是那么投入
小狗呜咽着
分不出是快乐还是痛苦

这女人独身
还是独守空房
抑或与老公同床异梦
我悄悄离开了
我不愿染上
可怕的孤独

在北京感受清明

没有雨滴
白云悠远
太阳响亮
花朵明丽
斑鸠声声

而千百年来
我们已经习惯哀伤
就像在这清明
为逝者
举国却步

慢下来的
不仅仅是生活
车辆驶过
人流涌动
像默片
将盛大的静寂
引入一片虚空

王德领，20世纪70年代生于山东嘉祥的一个古老的山村。在京城二十余年，做过出版社文学编辑，现在一所大学中文系任教。中国作家协会会员。著有诗集一部，在报刊发表诗歌若干。北漂感言：我喜欢海子的这几句诗："我是浪子／我戴着水浪的帽子／我戴着漂泊的屋顶。"在钢筋混凝土的都市，遥望故乡漂泊的屋顶。已在京城扎根，故乡已经回不去了，哪里是我心灵的归宿地？

痛（四首）

攀峰

痛

痛失血肉，与死神交臂
实属煎熬难耐
回想猛兽被关押铁笼时的
焦急与无助
我暂且选择了沉默

疼痛之时，唯有在行走时
寻找春暖花开
或用心去触碰花朵
的芳香

疫情远离还有多远

我并不孤独
与窗台之花同样
守望着被冬天封锁的河流
守望着薄冰被太阳慢慢地融化

风中的白云穿过远处的山峦
穿过了花草还有万物的头顶
无数个妩媚的身姿
在空中任意地自由摇摆

三月里的油菜花如期盛开
三月里的细雨拥抱着万物
三月里为我撑伞的女孩不见了踪影
鸟儿在为疫情唱着悲歌
迈出门槛的双腿等待几时

在小峪子村

百亩桃花林丛
想到爱我和我爱的人
望向即将凋零的桃花林丛
仿若荒废了整个春天

深夜下的小村庄
桃树林丛聆听花儿
窃窃私语
在京东古镇
在这弥漫着花香的小村庄
缺少了牵手人

夜逃

撤下熙熙攘攘的人群
转身即是夜的宁静

善意的谎言下
卸掉内心的包袱

追随着自己的心愿
脚踏星星闪烁的河畔

孤独的自己，孤独的河畔
还有河面上孤独的化作鱼的兄弟

寂静的夜，我们朝着天空对饮
借着缓缓东流的河水谈笑风生

攀峰，原名王攀峰，1986 年生于河南太康。中国诗歌学会会员，周口作家协会会员。2007 年 7 月北漂至今，曾在《中国海洋报》《作家报》《九江日报》《川江都市报》《诗潮》《诗选刊》《中国汉诗》等报刊发表诗歌数百首，作品曾入选《2018 年中国新诗日历》，著有诗合集《七个人的诗》。北漂感言：从故乡到异乡，漂泊帝都，深夜的北漂人，唯有抱着诗歌取暖。

迷失（四首）

王月

离·归

死亡停止了
你的日程
灵魂飞到上空
看那平躺的身体
不屑，狰狞

号叫，撕裂
如同尘埃
扭曲的时空里
一条条缝隙
停留的脚步
成了张望的眼

出走

那红色的大门
那拱形
那门后的人家和秘密
似乎早已藏不住
检察官是谁
你在哪里
你的家就是那红色大门
此刻，你离开
似乎那一切与你无关

暗夜

漆黑的马路上
偶尔可以听见机车
呼啸而过
手提行李箱

从地铁出来
看不清回家的路
眼睛迷失在这寂静的夜
那偶尔经过的车或人成了救命稻草
消除自己看不清方向
和对陌生的恐惧
突然听到有人电话里提到虎什哈
这是家乡的镇子
十字路口方向
平日会有出租车
虽然还是看不清路，
心却安了许多

梦里不知身何处
是伦敦地铁 Stepney Green
那段通向公寓的路
还是五道口地铁奔向学校的路
抑或是家乡的镇子通往回家的路
都是出来向左直走
没有犹豫，仿佛走了多年
只有那寂静，那无人，无声的暗夜
充满迷雾，恐惧袭来
看不清前方的我
像盲人一样摸索着
似乎离家越来越近
不再是那山路越来越远
归来，是那内心深处的信念

迷失

新建的大楼空荡荡
山上的荒野和死去的魂灵做邻居
恐惧，焦虑
这个世界熟悉又陌生
仿佛它是我的家
又是我未曾到过的地方

王月，1985年生人。漂泊北京近十年，现为北京语言大学英语语言文学专业博士研究生，主要研究英美文学，兼做文学翻译。写诗十几年，有诗文发表。北漂感言：北漂不只是地理上的概念，更是精神和文化上的流动。流动中，我寻找自己，寻找内心的原乡。

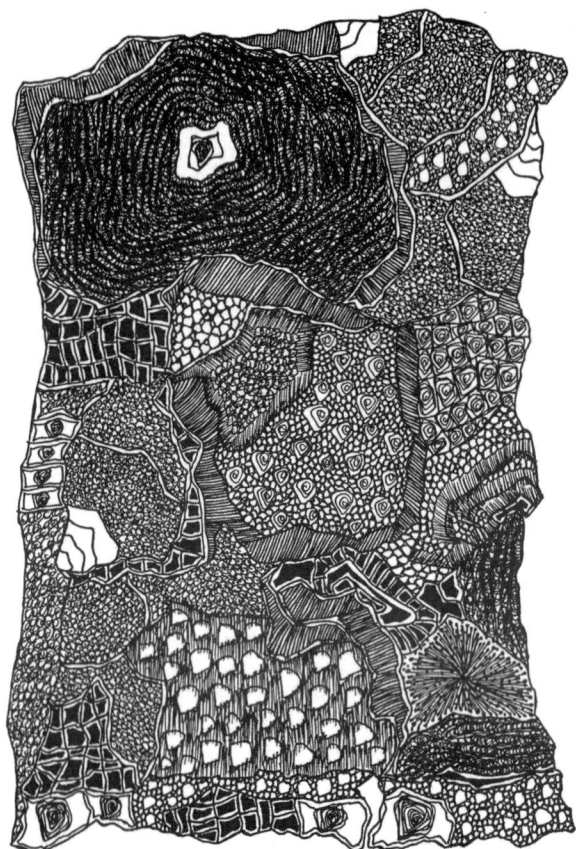

龙利西斯/小语春
安琪 2020-7-30

黑（二首）

梁子

520 的北京下了一场雨

今天一天
我都在想着给你
发个视频
早晨太早
你要 7：50 前赶到学校
晚上又怕太晚
影响你的睡眠
520 的北京
下了一场雨
急匆匆的
从晚上 9：30
下到 10：30
还伴有阵阵雷声
这多么稀罕
闪电下
我看到一只斑斓的蝴蝶
从窗前飘过

黑

一只巨大的黑色包裹
从天空落下
直接扣在高碑店
什么也看不见
雷声滚过头顶
是沉闷的
也是黑色的
闪电试图拉开一点点
厚厚的帷幕
来不及发出光
又被更黑的黑吞噬

大雨穿过黑色的云层
穿过黑色的杨树林
落在兴隆西街中街
是黑色的
院子是黑色的
下午 3 点 45 分
一只冰雹
静静地落在黑色的草坪上
晶莹剔透

　　梁子，本名梁相江，1965 年出生于浙江新昌大彭头。1990 年毕业于杭州大学历史系。曾主编《诗路》诗刊。2018 年回归诗坛，先后在《文学港》《人民文学》《湖北文学》《天津诗人》《诗参考》等发表诗作，并入选多种诗歌选集。2003 年年底北漂至今。北漂感言：二十多年北漂，像无根的浮萍。

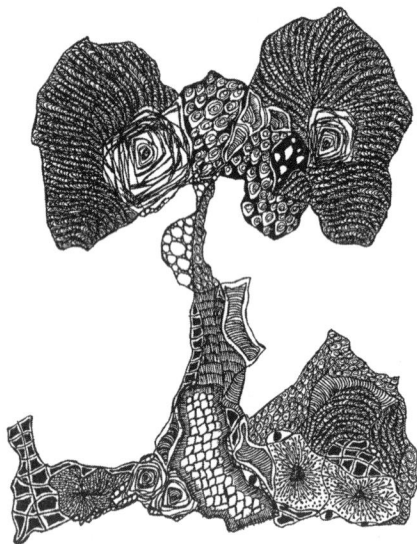

米兰
穿越 2020-3-14

述职（三首）

范秀山

冬天素描

谁用画笔把骨头描绘在北京的空中
一根根铁线成为抽象的经典
风作为隐身的武士
把动物的皮肤都一一划破
原野，剥去了花团锦簇的内衣
袒露最初的纯洁

河水，封冻了激情和浪漫
朵朵梅花，一场一场地出演和约会
那个着红衣的小屁孩
在一堆晶莹前构思成年的憧憬
银杏叶，携群结队地散步

其实，冬天是一条棉被
正在把春天焐热

考核

考核是许多管理者得心应手舞动的一把剑
可以把奖金和绩效砍成随心所欲的样子
考核的规则，随着世事的波动
可以塑造成一种新的尺度
好与恶，是这个量尺鲜明的两极
这把剑还要配上民主的须带
这须带金黄色的颜色十分耀眼
使每一张投票在投票箱内沉浮

许多人都知道考核的真谛
却还要在希望的泥沙中挣扎、拼杀
把自己打扮成花团锦簇的样子
虔诚地抱着佛的大脚

这个时候，人性的色彩上锈迹斑斑
稍有风动，就会下成一场酸辣的苦雨
当考核结果出来
黑夜中会有一声又一声的叹息敲响黎明

考核，其实是一种简单而复杂的游戏
考核的真相
只离着一颗心的距离
在考核时，我们都要穿上厚厚的铠甲
并学会把有些利剑踩在脚下

述职

只要你在职场厮混
就必须在年轮的书页上画一个圆圈
而述职，是最佳的表达形式
热热闹闹的述职会是一场盛宴
各怀心事的人
都在调弄一碗属于自己的甜品
至于述职的效果
可以定性为人走曲散

述职，俨然有一副庄重的面孔
男士西装革履，女士干净素雅
述职报告还有做好的PPT
无论你有多么精彩的故事
都要在规定的时间内结束你的口舌
一些绕舌的人，总是在哄笑中尴尬地下台
有的人手舞足蹈，有的人低调内敛
有的人口若悬河，有的人怯懦慌乱
大多数人述职后感觉良好
而结果总是出乎他的想象和意料

关于述职，我已有三十多年的历史
青葱时的述职像一条激情澎湃的山泉
中年时的述职像一个神经病人在疯狂地演讲
老年时的述职恰如扬州的瘦西湖
无论怎样的述职，都是决策者的述职
而你所有做的，就是把角色演好
不要让舞台出现塌陷

范秀山，男，1962年7月15日生人。2004年8月从湖北省天门市到北京工作，现为中国三峡新能源（集团）有限公司副总经济师，高级经济师职称。中国作家协会会员。鲁迅文学院首届电力作家高级研修班班长。出版诗集《花语》《蓝月亮》《若隐若现》，作品散见于《诗歌月刊》《黄河》《绿风》《延河诗歌特刊》《山西文学》等刊物。作品入选《祖国万岁》、《北漂诗篇（第三卷）》《中国朦胧诗（2018年卷）》等选本。北漂感言：北漂是生活味道的收集器，甜酸苦辣都有，关键是看你如何调制。

神农
安琪 2020-7-24

轨道与某一过程咬合（二首）

楚红城

轨道与某一过程咬合

轨道还是轨道。来不及烘干的下午
自行车保留七年前的体温，推着时间走

黄雀狡猾，伺蝉之际，抛出叫声
树木愣着
耳朵停在那里，没有思维，只是不安地揣测

这时，时间被架空
1996 年，他们放弃金黄色的麦浪
他们的所有动作
任由一根绳子牵着

远方滑出视线，否认如此定位方式，倒着走，还是顺着走

敷衍的青春如一只只白蝴蝶
挣扎间
似乎和想象无关，也找不到内在的关联

停留在遗弃的刹那。有理由相信，会在一道闪电间相遇
只是，已无力推敲思想

秋风习习

唤他习习吧。在破旧的南口李庄
拜谒一场秋风
陌生非陌生不做判别。就如爱和被爱互为犄角一样
语速与一盏清醒的灯相互依靠

流星雨轻易划过。理解过的自由与生命无关
黑夜
任凭伪装，任凭

自我偏颇

巴掌大的出租房
思之，坐之，卧之
侧倾的，战栗的，深爱的
虚拟在手指间打战。自我无非是

禁锢于雄性荷尔蒙的味道
这个味道来自哪里？
可我发现到处都是空。到处都是
空

我不知道我们之间隔着什么。我唤他亲爱的
他也这样唤我
我知道整个人类的悲伤，都是出于
想要靠近彼此
却不能靠近的缘故

楚红城，原名李玮。北京老舍文学院第二届中青年高研班学员，北京卢沟诗社社长，世界诗歌网北京频道主编。主编《2017 华语诗人年选》《2019 华语诗人年选》等。

世界的刃口
宁歌 2020-4-24

小日子
——致 H

刘傲夫

而此刻你拖着饱胀的躯体，手持时间的 6:30
开始了新一天的旅程。楼高 7 层
上下楼梯 108 台阶，一个月的爬行
已初步落实师妹刘燕梅的预言
强迫孕妇运动，孩子会下坠
反而易生。当时你可是
气急败坏说这是放屁
你对没有电梯一开始是心怀抵触

结婚一年了，你我均没想到过
孩子会来得这么快
九个月前你第一次告诉我时，我强装欢欣
心底其实是突地下沉，这包含责任
以及人生杯盏之间的流逝

下个月这个时候
刘青苓就要出生了，我们的小家
就有了第三个人，那么
在这之前让我们尽情享受吧
你可以再货比三家，看哪家的茄子
既新鲜，价钱还便宜

我的父母，你的公公婆婆
已经从江西的路上来了
他们的乡村不良习惯，需要你的修剪
公公喜欢吃油腻，婆婆炒菜易烧焦
这些你可以告诉我，我提醒他们

下个月这时候，你的妈妈也将从
齐鲁平原过来，她负责你月子的饮食
江西口味的饭菜，应抵不过你
儿时形成的饮食习惯

山东大煎饼，面包和土豆，经过你母亲的双手
一定最符合你的口味，你开玩笑说，必须将刘青苓
培养成山东人，一家口味变成山东味
这当然没问题，吃大麦大面，长成山东大妞
这再好不过，身体结实，身材修长。天生一个美人

你来了之后，我们的小家就使用上了
你学的会计学、统计学，你在手机上
啪啦啦两下就计算出，按照我们现有工资
估计十年之后才能再买新房，你紧接着又说
其实北京大多数人，是没有自己房子的
租房也是一种很好的
生存方式。想住哪就搬哪
我立刻表态，一定好好努力，全力争取买房
没有房产，将来闺女也嫁不到好婆家
你微笑点点头

单位合同到期了，没表现出续约后多加钱的意思
你有点心烦，你的统计学里还是希望
我这文学也能加点薪，生活嘛，总得多少有个盼头

最近几个周末，你有点烦心，说没意思
我说看点书吧，你说你不喜欢看书
我说那跑步吧，你说我挺着这么大肚子
你这不是要了老娘的命
我说你这是得了产前抑郁症
然后你想到了你信仰的书，想到了要进城去你婶子家
跟你的朋友聚聚
我答应了你。在去年你父亲去世之时，你用韩剧
治疗你的过度悲伤，而这刻韩剧都失败了
唯有周日的家庭聚会，兴许能宽解你的心情

一个月后，刘青苓就要诞生了
我相信那是你我的惊喜，我们的日子
会不紧不慢继续进行，我们的工作
处处小心，家里日常生活
也的确需要耐心，就像摇号中的北京车牌
或许真有那么一天，它就来到你我身边
那时我们还得好好准备上一笔

才有机会带上刘青苓，她的爷爷奶奶，外婆舅舅
开心地行驶在北京郊外的崎岖马路上

刘傲夫，本名刘水发，1979 年 2 月出生于江西瑞金，2000 年来北京上学并工作生活至今。近年崛起的中国口语诗歌的代表性诗人之一。北漂感言：越想在这座城市扎根，就越感觉在漂。

追求意义的意志
宴祺 2020-4-14

地下室（六首）

星汉

月亮回来了

就在刚才
邻居家的孩子在阳台
大声喊：爸爸！妈妈！
你们快看！快看！
月亮回来了！
听她那口气
月亮好像是她家
养的一只白鸽子

房庄河的白鹭

山谷过于寂静
还是内心过于吵闹
清晨五点我已起床

清晨五点
世界微明
河边的几只白鹭
是我昨天傍晚看见的白鹭

这是秋天的清晨
几只白鹭是山谷的寂静
是清冷中的美
这些胆小的精灵
正把弯曲的脖颈拉直
伸向满是晨光的河水中

火车

写出这个词
天，就黑了下来

写出这个词
就有火车冒着白烟
跑过了桥梁

我不止一次地乘坐过火车
从故乡到异乡
从异乡到故乡
有时弄不清自己
是在返乡
还是在赶往异乡的路上

我不知道自己
要用掉多少时间
不断地买票
不断地换乘
才能完成一生的旅程

出门左转

出门左转
方向朝西
路，是一条窄路
一人行走刚好
若是两人
则须一前一后而行

出门左转
有时会遇到
蹒跚而行的老者
我会尾随着他慢下来
预习一下后半生行走的步伐

出门左转
窄路走尽
会看见一大块完整的天空
那上面有擦痕
最深的一道
保留了金属的回声

地下室

墙角挂有一只竹篮
很多年前，我用它
捞过一枚落水的月亮

有些物品时间太久
忘记了它们的来路
比如那件橘红色的救生衣
比如那把长柄十八磅的铁锤
比如那对陈旧的木拐
有时我把它们
看成是来路不明的闯入者
当有一天我把它们放进一首诗中
就是某种隐喻

只有生活太吵
或无处可去时
我才会把自己领到地下室
待一会儿

那一夜大雨落下来

那一夜，是我
来北京的第一夜
我的住处没有窗户
房盖很薄
大雨落下来
像敲击一面旧皮鼓

那一夜，我在硬板床上
收拢四肢，抱紧自己
使劲地缩小自己

多年之后
那一夜的大雨仍反复地浮现
反复浮现的
还有那个被大雨洗好的早晨
它蔚蓝、明亮
就悬挂在门口

星汉，原名张守贵。1964年2月出生于辽宁抚顺，祖籍山东单县。2004年6月北漂至今。作品刊发于国内多种期刊，入选多种年度诗歌选集，出版诗集两部。曾获辽宁文学奖等奖项。北漂感言：对于写作者来说，北漂丰富人生阅历，是一笔人生最宝贵的财富。

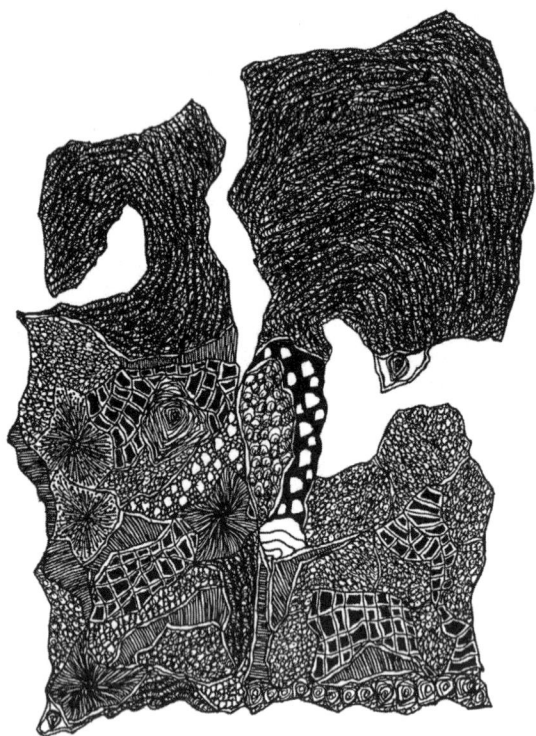

语言的边界／安琪
2020-7-9

山海经（二首）

林茶居

旧书保存方法

河流做了什么，海应该知道
天看在眼里，只是习惯于不声不响
或者停驻、断裂，或者分岔、回转，河流
河流把水带往何方，我又如何
丈量河流的长度

从《爱经》到《神经》，又仿若从《诗经》
到《书经》，浩浩荡荡的阅读史
群峰奔走相告。两岸家国
既是客厅，也是书房
我就在此：宴友，敬神
听父母嘴，学习潮涨潮落

行路者，脚盘宽大
握锄者，手掌厚实
四肢坚持自己的血统，不管人、兽
还是草木。一代代风生风雨养雨
一代代的土壤有的日渐退隐
一代代的喷嚏突然收住

这些随时都可能被打开的旧书
保存在深山老林，像石头忍住了吵闹
那是男性的石头啊，女石头则滚下山来
她体内的小石头，蒲公英一般
四处结伴，寻亲，建设悲歌与乡土

或许你曾经遇见。在童年迈入青春的路口
没有方向，又都是方向
所以要认识至少十八种倒影
和三种以上的背影留在世间的
阴影。你还收集了什么

文字是远远不够的，还要有身体
和爱的方法：爱的身体自然生长爱的方法

想想几个月来，我写信为生
设计标题，关注行间距
手机设置静音，与朋友探讨环岛路的命名
在《福建文学》发表了新作
《扬子江诗刊》选登了旧诗
一周喝醉一次，欲说还休……

有多少漂浮物，一条河流
就有多少叹息。有多少叶子
一棵树就有多少看法
哪有什么旧书啊
它们彼此保存，互为新书
祖先和子孙联合署名，不分前后

山海经

靠海吃海，人这样，鸟也这样
靠山吃山，人这样，妖也这样

第一条显而易见
第二条尚需探摸
山安排了水寻访，邀请四方朋友
加入一首诗的写作

三个词脱口而出：厚重，丰富，安全
明霞习惯于认山作父
泰山的女儿，天生心胸开阔
重义重情。她有她自己的孙氏幼儿园
第一课不是启蒙，而是攀登

由此逐渐摸到了天地教育学
仿若刀哥，开辟为命
那是川北谢云：西山子云亭，东山"涪城会"
百余日欢饮，富之乐之
亦称富乐山也

山之根，一路向东伸延，终得岳麓
"人往高处走"，笑笑博士如此论"高"：
不笑，不言，无挂碍，不黏滞……
自从她去到长沙任教，世间就多了一个思想者
要相会，到山上。大概
这也是刀哥谢云的落日修辞

多年前的诗，"群峰奔走相告"
预设了今日的群芳，她在南山的林场唱
一棵树就是一支歌，虽然听无所见
却又亲人一般熟悉。风有两种
一种属于精灵。浙江嵊州的吕家姑娘
她早已下山嫁人，而娘家还在山里

山即书院，山即往事翻身坐起
加入一首诗的展开、辗转、逆流
有时藏于草丛，也在枝头化作"枝头"一词
我的东北妹子，她的游学课程中
山是优美的脊背和前世的倒影：凤凰山，威虎山
亚布力山，金龙山，二龙山……
还有她的索菲亚教堂，她的
祈祷词，是早初的一句："关关雎鸠……"

一首诗写到现在，不分雌雄，唯有轻重
尽头也是开头，诗经也是山海经。言曰——
靠山吃山，吃山也养山
故，人老了就找一个坡躺下
靠海吃海，吃海也喂海
故，有的人出了海就不再回来

林茶居，1969 年 6 月生于福建东山岛。2007 年 7 月由福州至北京，供职于华东师范大学出版社北京分社，大夏书系策划人，"大夏书系读书节"联合发起人，《教师月刊》主编。著有诗集《大海的两个侧面》、教育人文随笔集《大地总有孩子跑过》，参与编选《生命之重——中国百位诗人献给汶川的 100 首诗》等诗文集。北漂感言：我欠着二锅头一首好诗。

东堤春晓（三首）

高敏

东堤春晓

小区少了太多鸟鸣
庚子春天过于沉闷
这使我不得不游园
寻觅些什么

杨柳在湖水里梳洗鹅黄和嫩绿
阳光的投影演奏着骄傲，"扑通"
一小孩将石子扔入水中
太阳像个打破的双黄蛋
掉入河里的光芒

好像错过了什么
与桥影的抛物线
跟踪着失去的东西
白桥边的迎春变得柔润
似乎荡着风
呼唤一个春天的阔达

墨迹留香

从观景台遥望碧绿的水
仿佛一切回到翁方纲提笔撰写楹联
河水一点点偷去光芒

他的"肌理说"雕琢着文史
"诗法"拧紧了学问
连水鸟的影子都变得温和，一回眸
观水景的人眼睛深处燃烧着一炷檀香

从《韩庄闸二首》剪下"秋浸空明月一湾"
从陶然亭截下"烟藏古寺无人到

榻倚深堂有月来。"
从包世臣口中得出"工匠之精细者。"
而他依然手执书法研究

那些偷懒的人注定被历史的暴风雨吞噬
而河水开始离家出走
从家乡流向异乡
异乡的人从他乡走向他乡
却永远走不到故乡
愿我从墨香里醒来
第一眼看见"缪斯"

幽州台歌

踏上一个个台阶，却无去来处
对面的花山不在此地界
却忍不住偷窥满山的花海
你可曾听过陈子昂的忧伤
刻意为函远亭缩成一片银河
"啊——啊——"一家三口摘下口罩
在这里宣泄，那声音让山石疼痛

淡淡泥土香似乎感受到生活的情绪
树上的新叶正攀爬春天的梯子
摇摇晃晃，天地之间走出一个影子
寻找什么消息或气味
一阵风过，古与今的谈话到了尾声

高敏，作家，诗人，已在多家报刊发表小说、散文、诗歌，多次获奖，有作品收入《世界诗歌文学》(中国卷)、《奔跑吧！河流》、《北漂诗篇（第三卷)》《2019年天天诗历》等。现居北京。

在八月（三首）

雨水词

1.
耳语、哽咽、低吼、狂躁
这些都是你满腹的心事
秩序被打乱
循规蹈矩的人找不到安全感

2.
后来，我才想到你说的高音部分
急促而悲壮
草木仍在水火之中
你说到的安宁
还没有抵达
倒春寒是二月最沉重的音符
无所顾忌地敲打人间

3.
黑夜留下巨大阴影
楼群的默哀不是一种形式
雪花和雨水都带着一丝荒凉
急于自救的人
无法说出内心的感受
而世界还这么喧哗
声嘶力竭的许愿者
等东方白

在八月

连阴天
闪电和风雨都蓄势待发
夜色加深了压迫感

180

失真的羊群同样有害人之心
奸诈与凉薄
留下汹涌的故事稀释尚存的美好

有人还在暗夜里治愈疼痛的骨头
提到沼泽
也提到远处的光亮

在望京，听一首曲子的一些联想

都是些起起落落的叠加
让人纠结万分的
深陷的情绪和无措的感觉
这么多空的瞬间
这么多戳心窝的场面
摁住痛点不放

每一朵玫瑰的盛开和凋谢都那么悲壮
不断下沉的过程
有无辜的白
不断上浮

空巷子，正在路上的写作者。河北张家口人。北漂感言：来北京十多年了，最初是为了
改变糟糕的生活状态。现在想起来，这么多年熬过的最茫然、无助的时光都忍不住伤感，但
还是坚持下来了，证明了自己的能力，改变了命运，获得了自信。应该感谢北漂，它让我的
人生有了不同的意义。

女儿与花朵（四首）

徐庆

雾中女子都是美丽的

初夏难得下起了大雾
长江下游南北模糊
万物膨胀，春天刚刚打扫完战场
春天再也无需浓雾下的撤离
上山下田的女人啊
都有了美丽的脸庞
大雾扯平了山岗与沟壑
大雾修饰了女子的皱纹
劳作的女子，全有了麦子的丰满
全有了稗子的傲挺
大雾是感性的，大雾倾向女性
亲爱的大雾，亲爱的夏天

女儿与花朵

女儿与花朵，一对亲姊妹
成长与悲伤都来自土地
我老早就知道，土地的馈赠
悲苦总是大于欢欣
在乌兰察布盟丰镇市张家湾村
乡村少女李华
于六月的毒太阳下锄地，间苗
这块玉米地超过十八亩
她不足十七岁，没受过一天课堂教育
却用私学的汉字陈述乡村的天空
这凋零花朵也摧毁女儿的烂泥土地
她不会割舍，也不能割舍
有花甲之父，有重疾之母
花期只有一个半月的点地梅
被牢牢地锁在阴山南支，饮马河滩

愿景

你别来，我还没有做好娶你的准备
我还只有一辆牛车
载不回我厚重的情书
我还只有两间草房
盛不下你丰盛的嫁妆
我还只有三架秋千
摇荡不了我们所有的孩子
我还没有打理好屋后的草原呢
还不能让你信马由缰

甚至，甚至我还未能拥有门前的海洋
没有深深的海洋
怎么验证海枯石烂的誓言

运风

一辆衰老的班车
卷着一团一团的风
在村际公路上奔跑
它的驾驶室，走道，座位下
塞满了风
沉默的乘客
仿佛是风凝聚而成

徐庆，江苏金坛人。岩土工程师。谋生于内蒙古—北京逾三十八年。主编《内蒙古女子诗歌双年选》《内蒙古女子散文双年选》。

等夜（四首）

铁血寒冰

冬风，数落北京的黄昏

冬脱去秋之五彩袖裙
裸着身显摆出孤独苍凉的傲影
我顺着冬风而来
牵引着曾经的往事
让冬霜折尽花残的眼泪
让远山的乌鸦拉响起夜幕悲鸣

我站在燕山的山谷，倾听一世风声
时光的利刃打磨着游子的灵魂
剥蚀，开片，又碎落
石榴树悬挂的灯笼照映出沉默岁月

今夜把所有冬风，都堆成念想的影子
我在这冬风里数落无数个北京的黄昏

迷彩风情

秋风里，秀发拂过钢枪的热度
炽烤出战士忠贞的爱情
不是所有憧憬
都有花前月下的相守相依

眺望军营上空的浩宇星辰
轻纱月光，抚摸着战士脸庞的刚毅
缺席的姑娘在故乡
在村头那棵相思的山楂树下
遥望军营的牛郎及夜空星点

此时，痴心绝对的两颗心
都化作沙场中盛开的玫瑰
一朵、两朵
片片都坠落在每声军号里

等夜

远处的夕阳正坠落在田野
田野之外的群山
悲鸣起白昼碎成的黄昏
水田依旧静静地躺着
我牵着落日和油菜花的背影，亲吻
每一寸金黄，每一缕炊烟
每一波碧水，每一起残血
一幅暮色下的村庄版画让心平静

我或许只是一个等待落日的人
无法控制眼前、过往
与即将消失的一切
落日下来，黑夜即将来临
我翻越过那座山又戛然而止
因为，黄昏后的夜空依然漆黑

夏日抒怀

初夏的一朵小花，扛着
新绿、娇羞、火烈
叶，早已化作利剑插入厚土
生命，不管未来或是短暂
都在用你的呐喊
来砸痛我神经、砸醒魂灵

可否，让你孤放的色彩带着我
爬进你的花蕊，只为看一眼
你孤寂背后的坚强
沿着烈火般情怀走进夏日

此刻，把所有的风雨打包
悄然塞进粉妆的花瓣
一层，两层，三层
层层叠叠中只留奋进足迹
和一些有执念人的背影

铁血寒冰，四川人，军旅生涯多年。现居北京，四川诗歌学会、北京顺义区作家协会会员。作品刊发于《人民日报》《中国组织人事报》《中国国防报》《文化艺术报》《鸭绿江》等多家刊物。

收平天烺的时刻
宏琪 2020-5-2

一位菜农，要打赢一场中年的硬仗（四首）

项见闻

青蛙

忽然想起青蛙，想起我和它
竟有惊人的相似部分
它善于在池塘和陆地两栖
就像我，长年奔波于城市和乡村
作为从农村长大的孩子
我深谙蛙的习性
可我至今未弄明白它们
更擅长于哪种环境，是陆地，还是水塘
就像我，至今未明白我
更适应于农村，还是城市
但有一点可以肯定
对于两种截然不同的生活方式
我和它，都已习以为常

雪纷纷扬扬，落得不慌不忙

没有风，雪飘落得寂静无声
从昨晚降到今晨
卖水果的梅姐像往常一样
又在雪中站了一夜

冷得不行的时候，她在朋友圈分享了一句话
获得同行们雪花般纷纷的点赞

她说
千方百计 + 千辛万苦 + 千言万语 = 活着

窗外，雪
还在纷纷扬扬，落得不慌不忙

他说

他说，他的生活是在新发地市场上拓荒
唯有儿女，是他手中的拐杖
支撑起他生活的信念

他说，为了让儿女们赢得一种从容的生活方式
他耗尽一生的心血
试图将儿女们托举进城市的堤岸

他说，贫穷与落后成了他的代名词
人们的眼光像一把利剑，常常刺痛他的心

他说，他的艰辛与收入不成正比
老家一方山水已养不活一方人
这让他垂下头，黯然感叹城市日益高长的大楼

他说，为了生存，他学会了候鸟的本事
每年在乡村与城市之间，春去冬回

一位菜农，要打赢一场中年的硬仗

从老家山东来到新发地打拼
你本是脱离了主战场，犯了兵家大忌
却偏偏还是一个整日被保安追撵着的散兵游勇
你注定只能被压缩在一个角落不能抬头
还要时刻警惕，赔着笑脸
却也暗自庆幸，每年还能获得三五亩地的收成

你的头顶已越来越明朗
可前途却越来越暗淡
起伏的菜价，耗尽了你多年的热情
可是，还得抖擞精神
在解甲归田前，把孩子上学，成家
这两座主峰攻克

你时刻提醒自己：不能倒下
否则便会一夜回到解放前

不要说累。你个头再小
在儿子的眼里也是一座巍峨的大山
也不要说难。明知山有虎，你还得偏向虎山行
这是一个农民悲壮的责任，和要打赢的一场中年硬仗

项见闻，男 ，70 后，2013 年来北京。作品见《人民政协报》《诗刊》《诗选刊》《诗潮》《星星诗刊》《诗歌月刊》《中华诗词》等近百种报刊及中国作家网、中国诗歌网。现工作于北京新发地。北漂感言：北漂八年，像只候鸟一样，我已渐渐习惯了这种两栖方式。有时候，我也会静下来思考这个问题，"究竟哪儿才是故乡？"想起祖先是从明代迁徙到湖北的，现在，我便习惯了把湖北叫作故乡。如果有一天我在北京扎下根来，多年以后，我的儿女们是不是也会把北京当作故乡？

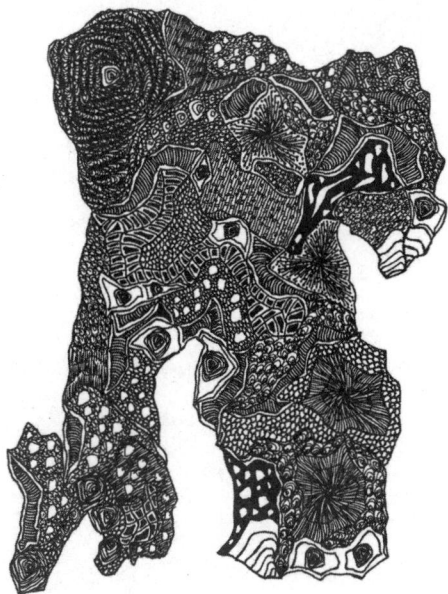

辑二

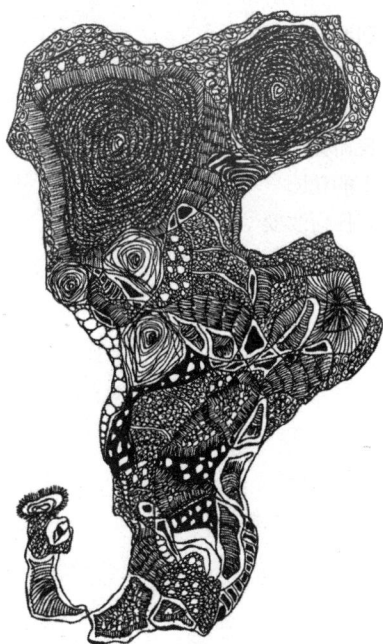

在阿尔卑斯山下
宫棋 2020-4-1

如何做我自己（四首）

蔡诚

如何做我自己

我的梦想，10年前
丰满、自由，几乎捏在掌中
那一天，我不再一个人
过这些北漂的日子
我们有城里的房子，孩子
也为我们骄傲。但现在
一年年，我的生活褪色成初冬
在被太阳灼伤的出租屋
我看到的，只有缓缓降临的夜

这不是我，我该如何找回我自己

时光，已不容我返回
那些想挣的钱，总是弃我而去
就算挺胸抬头赶路，女人的花园
在远远的舞台上，我没有任何改变
除了苍老，除了空想洒在阳光碎石之间

这就是我，我该如何改变我自己

没有退缩，我还在路上
终有一天，我就是我自己
就算满腹遗憾，泪水融化进土地
也真实地活过了，完整地，把蜡烛烧尽

昨天

昨天早上我交了房租，下午
失恋了，然后一场大雨
灌进地下室，晚上
天安门前，我被检查身份证

在餐馆又丢了钱包。昨天
我遇上一堆倒霉事，每一件
我都感到不安。我会记住昨天
那个爱了半年的脸，湿透的《复活》
扔进垃圾桶，警察打量的眼光
深夜回家的路，北漂的种种哀愁
我昨天尝尽，这个难捱的星期六
我失业刚好两周，镜子里胡子拉碴

搬到燕郊

那个女友摔门而出的冬天
在北京西局，在元旦前三天
在 8 平米出租屋，一个男子
一张石头垒的床，冷冷的几本书
还有她留下的那只猫，狠狠盯着我

我在吃饼干，夜里 10 点
猫突然蹿上来抢饼干，还抓坏我的手
这让我生气，搬家那天
刚下过大雪，我丢下猫
和小货车一起，吱吱呀呀逃往燕郊
半途，突然想到就这样告辞了
我脱下帽，向东沉默
为不欢而散的爱情，为那可怜的猫
那些痛苦，终于只剩下一声叹息

没人能坐在春天中

没人能坐在春天中，2020 年春天
不是我们的，你灿放在窗外
风中，唯有寂寞的琴弦
斯斯文文，噬咬我们的心

不能坐在春天中，你留下的空白
自然的大海，诗中流溢的温柔
我努力想象和回忆，每一件事物
都是美味，晚上也钻进窗来

2020 年春天，我们的约会
死于疫情，这看上去像一场灾难
但我的画笔长进了，你的天空
我没有变得陌生，甚至愈发集中了精神

　　蔡诚，男，1978 年 8 月生于江西。中国当代文学研究会会员，中国诗歌学会会员。已出版短篇小说集《北漂故事集》、诗集《无题集》。2020 年来京。北漂感言：在北京生活，对我们外地人来说越来越难，以致许多挣扎了多年的人拖家带口也要离开。这也将是我的命运，但在我孩子还小，梦想还在的时候，哪怕尽是忧伤，我仍将漂在这里——我已经来了十余年，已经经历了无数冬天，冰天雪地，已是我习惯的命运。

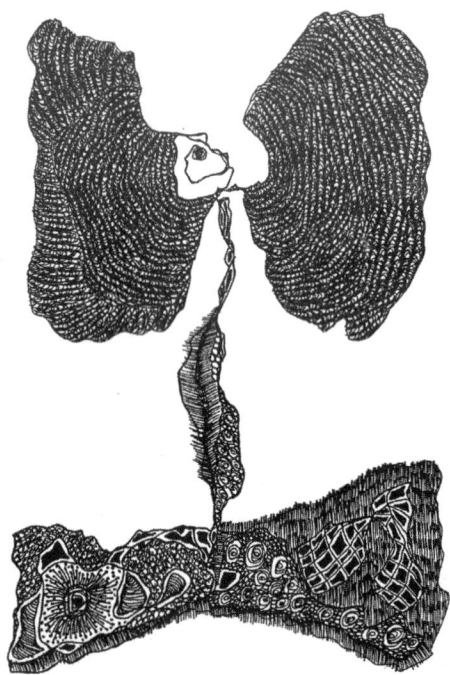

北漂

艾若

我不是北京人
虽然我在北京学习工作生活了 27 年
超过了我在家乡的时间

但我不是北京人
妻子说
你是外地的
女儿说
你是外地的
北京人说
你是外地的

是的
我是外地的
我是安徽的
我是安庆的
我是桐城的
我是双港的
我是三福的
我就不是北京的

北漂的感觉是独立的
不依附于任何地方任何人
当你又是自由职业时
不依附于任何单位任何组织

我北漂了 27 年
有了自己的房子
但产权只有 70 年
不是永远的恒产
所以房产也是漂的

看看房里的书报刊艺术品

电脑手机光盘 U 盘硬盘
将来它们又会漂向何方
谁会把它们收藏

曾经想要漂到柏林
又曾想要漂到纽约
最终决定还是漂在北京
老老实实踏实现实

永远不能说好老北京话里的儿化音
永远不会学到北京人所谓的有里有面儿
永远不会学到遗老遗少贝勒爷的侃大山

我既不是北京人
也不是地道的故乡人了

我不大会说老家话了
因为在普通话与老家话的切换中
感到很别扭

都说齐白石是最牛的北漂
五十多岁才开始北漂
北漂了四十年
名满京华

向您学习
齐老北漂

艾若，网名爱若干，1971 年生于安徽桐城。北京传媒人。诗歌作品发表于《诗刊》《诗歌月刊》《诗选刊》，入选《中国新诗选》《中国网络诗典》《大诗歌》《北漂诗篇》《当代传世诗歌三百首》等，诗歌曾获奖。出版诗集《幸福在路上》、诗歌合集《理想国·待渡亭2018》《浮诗绘》等。1993 年 9 月从安徽来京。北漂感言：2020 年年初庚子大疫，正月初三，我就和弟开车从老家桐城匆回北京。此时此刻，家在何处？这两年，很多北漂诗人都离开北京，我将何时回归田园？

牛仔（三首）

牛仔

梦想不止于西部
路可以比西更西
马到哪里，梦就在哪里
毡帽里装满传奇

没有征袍，唯有猎枪
可以穿透天空的云朵
让阳光彻照人间
留下孤独的身影

归来或者离开只是一种形式
当无数楼宇矗立成墓碑
那匹瘦马驮着羸弱的躯壳
一路蹒跚，唤醒城市的牛群

我从北大走过

我从北大走过
有人俯首低头，有人仰望膜拜

北大不属于我，我也不属于北大
未名湖只是个池塘
博雅塔的倒影沉在水底
那些光和影只属于过去

唯有巍峨的门楼，依然高矗
地上的影子叠加成梯
有人踩着它爬入云端
有人成为别人的影子

我从北大走过，穿过拥挤的人群

没有人认识我，我也不认识他们
我只是个过客
他们也是

花开在云里

花开在云里
你开在心里

花被云包裹
睡成天上的星星
云被花点缀
填满空洞的眼睛

一朵花的誓言
被天空破解
植入一片碧蓝
风亦温柔，云亦从容

你总是先于春天
在心里发芽
用嫩嫩的蕊撩拨
还在冬眠的魂灵

花开在云里
春天被高高举起
你开在心里
快乐被无限延长

世界在一朵花里
开出想要的模样

三月雪，原名王亚中，男，1971 年生，河北河间人。诗人、书画家。2009 年开始北漂，现为北京《中华瑰宝》杂志总编辑助理兼编辑部副主任，河北省作家协会会员。出版诗集《左手穿越右手》，作品散见于《诗选刊》《天津诗人》《齐鲁文学》《暮雪诗刊》等文学刊物及诗歌读本。有诗作入选《北漂诗篇（第三卷）》《蓝色世纪》《河间诗人》等。北漂感言：做有态度的漂客，写有温度的诗歌。心中有诗，漂亦精彩！

北京的火化工，是我的诗歌爱好者（三首）

王迪

北京的火化工，是我的诗歌爱好者

我掂量过自己的骨灰
比常人的要重一些
重金属的铅字
火化工都会一个一个地放入我的骨灰盒里

我的余温
始终保持在摄氏三十六度
不希望人们把我炒热
高烧到烫手的程度

我站在云端
望着火葬的青烟
青烟下面，那个捅破我肺腑的火化工
是我的诗歌爱好者

我猜测
骨灰盒的大小
应当放下我再版的一本书

午睡十分钟

夜间经常失眠
乱七八糟的星空透过窗
又说不清是哪一个星座
让我难以入睡

以至于
午间让我睡得很香
哪怕只有十分钟
我也能把整座北京城放倒

我竭力地睡着
与不朽快要接上
梦见浪费的大半生
梦见今天下午要接待上帝
洽谈，签约

2020 年，北京

2020 年，我总算明白
肺，是挂在我们每一个人的身体外面的
一呼一吸
极易感染

每天清晨
我仍坚持去尘世锻炼身体
疫情再来时
也不会轻易打动我周围的空气

只是
人与人不再面对面说话
不再拥抱，不再握手
各自把自己笼罩在互防的心里

不知什么时候
我们可以摘下肺
放到尘土里
一步俩脚印，往人海里游走

外面的风
依然刮进北京的城里
不知何时
我能做一个少心没肺的人
若这是亡命
也心甘情愿

王迪，生于 1963 年，河北衡水人，2006 年来京。现供职于北京兴隆伟业有限公司。20
世纪 80 年代开始发表诗歌，作品收录于《北漂诗篇》《中国诗歌排行榜》《当代网络诗歌精
选》等多个选本。北漂感言：北漂激活我又重新写起诗来。谢谢北漂！感恩北漂！我的骨
头，已长进北京的血肉里。

两个女人（二首）

苏瑾

两个女人

两个女人在相互欣赏
谈什么——感情，才华和生活
我不知道我在说什么
北京的气候依旧干燥
我的日子依旧浑浑噩噩
后来，我们谈了谈诗
诗，其实和我一样不切实际
它躲在语言里，没有法官钻到
书里，降罪于它
"孤独"和"悲伤"
是我一直坚守的，它
从我的童年就一直跟着我，直到现在
跟我漂泊到另一个城市，它存在着
在我心灵的"乌托邦"，
是现实的一种出口。

黎明中醒

如果我的日子是枯燥的
那我完全可以把它解释为"堆砌动作"
（大量的、并不是很有用的、重复几个已知的动作）
难道我们已经如此靠近机械化了吗？（简直可笑）

然而，你还是要承认
你的存在就是这个样子
你周围的其他人也是这个样子
这个时代的先知者还没有出现，至少你还不曾遇见

此刻，你决定跟民众来一场演说（管它是什么主题）
幻想中，你已经声嘶力竭，"瞧啊！我的后面粘着昨天"
（好像真的有一根呈液态的胶状细丝穿附在空气中，隐隐若现）

"我的面前又摆着明天"
"可太阳也在我前面,它灼烈得太刺眼"

说到这儿,你真的像不敢走近似的
就只是,静静地等候黎明
不知道哪一刻,你醒了
你记不起已发生了什么,你的大脑去哪里遨游了
就只是,仰头看看天,噗地笑了

　　苏瑾,原名苏琳,生于 1997 年 9 月,北漂五年。《作品》杂志青年评刊团成员,华语作家网签约作家,北京城市文化艺术中心签约作家,白居易诗歌研究会会员。有诗歌见于《中国青年作家报》《辽河》《作家周刊》《天津诗人》《中国汉诗》等刊物。北漂感言:在北京,有数也数不清的人,也有各式各样的路。我的城市太大了,大如一个文本的隐含空间;我的城市也很小,小如一首诗,我就在诗意的呼喊中陶醉了。

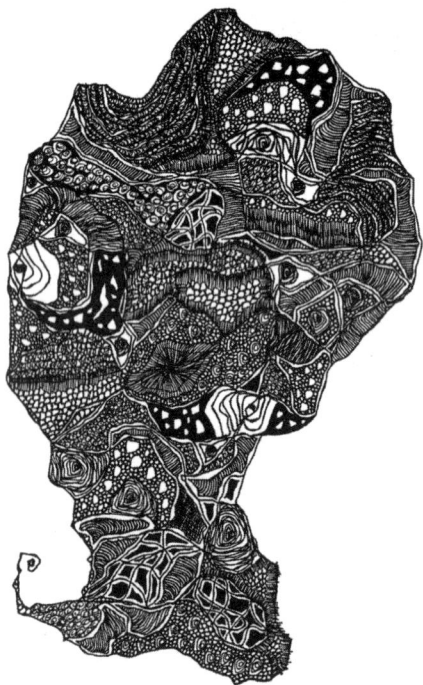

一个人的自我
梁魏 2020-4-29

202

我是那么容易热爱（二首）

汪再兴

圜丘，圜丘

上天垂象
再买张门票
亿兆景从
到处都是人流
直到被挤成外方内圆
才终于挤到天心石上

看，以圆为丘
圆环套圆环
大圈套小圈
中间夹杂如沙脑袋
好一派浓缩的宇宙奇观
风月无边

白云引诱内心使劲膨胀
拍照，陶醉一副副帝王相
站在天心石上讲话
面前似垄断了所有麦克
连嗫嚅的声音也极其洪亮
下来时才发现地上没有音箱

其实每个人都是天子
只是你自己从没注意

我是那么容易热爱

必须承认，我的情点太低
轻易就那么容易热爱——

清晨，差不多都要大开窗门
接纳清新空气，瞄一眼蓝天白云

点个方便的外卖，吃顿新鲜的早餐
套上网购的新衣，光鲜着走出家门
问候左邻右舍，微笑感染路人
开车，越是堵车，越要看红绿灯
下车前孩子暖暖说了声拜拜
乖乖，祝她再取得好的成绩
好好上班，任总说不要老谈华为
关键是要做好自己的事情
在中关村周边健步就是午休
须到双螺旋雕塑才有万步
正午的太阳晒得蓝玻璃尖叫
众创空间也闪耀着硅谷的亮光
广告牌的房价高得有些离谱
看着家的角落，嘴角弯了些满足
果多多的水果张着鲜亮的眼睛
头条说过一段时间价格自然回落
还未表达车厘子要几天才会萎缩
手机里又传来了出差的任务
铁友网一点，高铁直奔武汉
落座微信平安，今晚动车回转
而车窗外，不断闪现着风光无限
随手拍几张照片，分享朋友圈
一下竟迎来了七十张笑脸……

哎，为什么我那么容易热爱
都说赶上了盛世的时代

汪再兴，笔名汪汪、蜀乾尔，男，1972年2月生，1995年7月来到北京。中国作家协会会员、中国书画家协会会员。已发表各类作品两百余万字，诗文书法散见于《人民文学》《中国新诗》《书法报》等各类报刊及各种集子中，著有《日出东方》《太阳神》《太阳的味道》《与太阳握手》等八部诗集。

感谢那场雨（四首）

绿鱼

德克士只营业到凌晨三点半

出北京站
进站外
德克士快餐店
人山人海啊
大多是为避寒
等地铁
开始运营的人们
好不容易挤到里头
被告知马上三点半
要打烊
柜台年轻伙计喊：
"××，开始清人
把冷气开开
一冷，人自然往外走"

在田老师红烧肉快餐店

我看到坐我对面的男孩
在吃午餐
他面前的托盘上
摆了四个白色小碗
两碗米饭，一碗番茄鸡蛋
一碗木须肉
这个家伙狼吞虎咽
真他妈像我
大学时代，我也是这样吃
即使米饭与炒菜分开
价钱会贵一点
也在所不惜
再看看，现在的我
早已被生活的盖浇饭
搅和得不成样子了

无题

没亲眼看到过天狼
但见过他的照片
这不妨碍我对他的印象
他好像跟我父亲一般大
（诗人侯马也是）
每当我这样想的时候
我总也避免不了
要为此伤感一番：
他们多年轻
啊（因为诗歌），
而跟他们
同龄的我的父亲呢？
则显得太不合时宜了……

感谢那场雨

小舅家只要一办事儿
天必定下雨
姥姥去世
治丧三天
下了两天
五月，正值小麦
成熟的关键期
收割机割完小麦
拉回家里后
我妈说
"要不是恁姥死
下了一场雨，
今年麦见得才少呢！"

绿鱼，本名程逊，1990 年 1 月 21 日出生，安徽涡阳人。2012 年大学毕业，2013 年来北京工作。出版诗集《这是我在北京养成的坏毛病》。北漂感言："北漂"是一个很理想主义的词。

清明（三首）

陈劲帆

清明

把鲜花
献给一块石头
石头上刻着父亲的名字
像极了刻在我心上的伤痕
把膝盖
埋在土里
用头叩响墓前的门
墓门后有祭奠人间的亲人
庄严地站着
用心感知摇动松柏的是风还是父亲
所以　看见香炉里的烟动了
我就哭了

月光

淡淡的月光
泼洒在地上
很轻很柔还带有一丝潮湿
弄得房顶上　树尖上到处都是
你只要轻轻一跺脚
就能溅起银色的月光
粘在鞋上　衣服上　睫毛上

轻柔的月光
懂得分享
留给梧桐大片的留白
好让天空看见梧桐叶泼墨在地的样子
偶有一只失眠的振翅
抖起光浪
地上的月光活了
像萤火虫般贴地飞翔

然后
一切都归于沉默
流浪猫一个转身
走向和它一样黑的黑暗

下雨

临别的时候
你哭得梨花带雨
你说
不能让我在走的这一天
晴空万里

陈劲帆，原名陈千涛，曾用笔名韬筱白，湖北恩施人，土家族。1976 年出生，1995 年
在新疆当兵，1998 年退伍后来到北京。自幼酷爱文学。作品刊于《民族作家》《北漂诗篇》
《中国诗歌网》《中国最美爱情诗选》《新世纪新诗典》等。

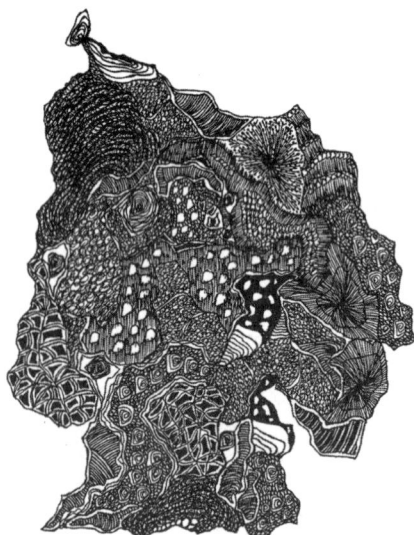

沙子和车轮（三首）

黄长江

风谒红螺寺

风谒红螺寺
本是来观光的
却见到满园的虔诚
它停到佛前
说　你静
我动　我可以和你比肩
凭什么　你引来
那么多的浮尘

风谒红螺寺
看到尘
正在给佛敬香
风想去磕头
庙堂太高
高过天上的白云
风把自己扮为尘
钻进庙前的御竹林

风谒红螺寺
认为佛像是它刻的
壁画是它绘的
只是转了一圈
没有找到自己的署名
将身子一跃
跃过了红螺山顶

沙子和车轮

一个人其实就是一粒沙
当历史的车轮碾来时
才有机会改变自己的命运

如果在车轮碾压自己的瞬间
爬到车轮上紧紧地抓住
不被抛弃那么必然会
随着车轮的滚动而
被从阴暗的一面转到亮的一面来
从车轮的底下转到车轮的
前下前上上方来
但是不要得意属于你的

就那么一瞬不论你是谁
你将会迅速地被转到
后上后下下面去
完成你的一个轮回
也就是车轮转动的一周

你要想更有意义些那么
紧紧地抓住车轮用努力
在车轮上刻印出自己的痕印
乃至车轮转完一周时
不被抛下再转一周时
还不被抛下紧紧地嵌入
这个车轮与它融为一体

我非圣贤

我非圣贤
但我希望有一天
能有孩子哪怕仅仅
一个孩子站在我的肩上
成长成为一座高峰

让无穷的后代子孙们
仰视着慨叹这就是圣贤
这才是圣贤看多么伟岸

在给圣贤揭秘的时候
考古学家们从碑石的某处
若干个字当中依稀能辨出我的名字

代表着我的那串符号
和我用毕生的心血化成的
那些省略号

黄长江，1975 年生，贵州兴仁人。现居北京。曾就读于北京师范大学中文系、北京老舍文学院第二届中青年作家（诗歌）高研班等。中国作家协会会员、中国诗歌学会会员。作品选入《中国诗萃》《中国当代诗人诗作大系》、《北漂诗篇（第三卷）》等数十种集子。著作有诗集《觅纯》《小炒诗歌》，评论集《抒写真正有意义的诗》《山野的星汉》等。北漂感言：北漂其实是吸收丰富的社会营养，转化为更大的能量贡献于社会。

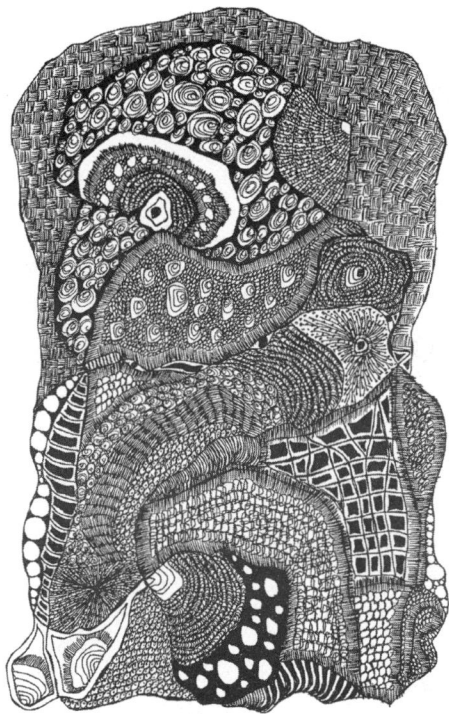

那些白色和黑色的秘密
安琪 2019-12-1

春到门头沟（四首）

非墨

永定河边游弋着两只黑天鹅

春天的芦苇
还没学会思考
把头伸出水面
好像河水就是一床柔软的棉被
把手也伸出
抓住一只会唱歌的苇莺

黑色的小蝌蚪
像一滴滴既不会淡化
也不会融合在一起的墨汁
在水底游，不怕人

黑天鹅从芦苇丛中飘过来
一公一母，没有声息
像两朵飘过来的乌云
飘向岸边
岸上满是捞蝌蚪的大人和孩子
饿了
黑天鹅会吃撒过来的饼干
或把长长的喙插到水底
吞吃那些无辜的黑色小蝌蚪

陈金来京出差时邀友同聚

很残酷
他们把菊花都画在了树上
让陶渊明
在整个秋天
都寻找不到南山

把酒

错当成十年前的那场雨
浇灌在久旱的胃里
终于让胃的内壁上杂草丛生
像反刍的牛

有谁敢跟我
往死里赌一把
每一个空荡荡的杯子
都能装下
一枚荒凉的月亮

有谁仍然在一棵无花果树下面悄悄爱我

我早已厌倦
互为因果的事情
一把伞已无法像磁铁
吸引雨
当春天重新开始咋咋呼呼的时候
我会想象
有谁仍然在一棵无花果树下面
悄悄爱我
让每一个喷嚏都像炸弹
让每一朵黄色菜花都变成弹孔
让每一只蝴蝶和蜜蜂
都患上严重的花粉过敏症
在花丛中
找不到回家的路
想象整整一条河流都流干
裸露出河床上每一粒坚硬的语言
每一个词语都圆润如鹅卵石
都温暖如遥远的星辰
可以时隔千年
孵化成睡醒的朵朵莲花
当泥鳅把秋天
像外套一样
脱掉
重要的东西往往乏味而无情
所以我常常会莫名其妙地遐想
当石头都开始争论的时候

有谁仍然还在一棵无花果树下面
悄悄爱我

春到门头沟

迎春花无忌惮地黄
像在光天化日下耍流氓
让桃花异常地紧张
很多人戴着口罩走过来
还带着清纯的孩子
胆小的桃树终于吓得一脸苍白
白里泛起点粉红
感到异常羞涩
呈现出久违的中国古典病美人的模样

非墨，本名谭风华。1970 年 8 月 31 日生于湖南省怀化市通道县坪阳乡。高级工程师。2002 年初到北京至今。出版有诗集《屐红高跟鞋的雨》《滤》《诗魂是碎的》《樗是一种树》，散文集《城·色》《捡拾灵魂的碎片》。北漂感言：漂泊生产诗歌，漂泊感就是诗意，伟大的诗歌往往产生于漂泊和漂泊里的旷世孤独，屈原、李白、杜甫、苏东坡不出其外。

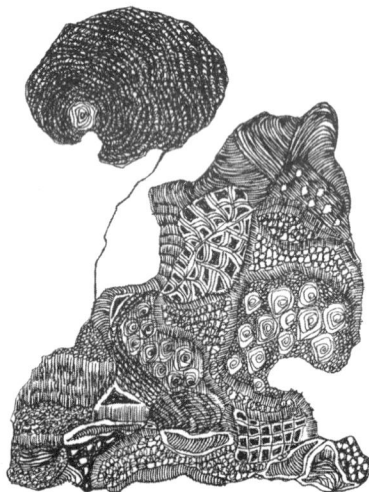

万物的雾凇
宇祺 2020-4-14

车流（二首）

坚果

车流

很多年都将车流误作河流
在东三环的起伏动荡中
水滴以八十迈的时速倾泻
人这一生就裹挟其中

不是一时
是每时每刻

城市

清晨
一只鸟的啁啾呜哳
从高楼下的树梢跳跃上升
最终上升为一群鸟的狂欢

在养鸽人的咕咕声中
鸽子的饥饿被唤醒
从低矮的棚舍飞起野鸽子的战场
鸽哨消失在城市巨大的轰响

大街小巷随意摆放的共享单车
已停放很久
像随意丢弃的甜甜圈
为了这些浪费的粮食
野鸽子将飞起更高
高过城市繁华的玻璃幕墙

城市带给人类更多的惬意
人类习惯用喧嚣解决喧嚣
城市待久了
情绪被沾上各种花粉

身体被涂上各种颜料

城市待久了
人类越来越像鸟类

　　坚果，原名常建国，网络 ID 浪迹天涯，1970 年生，山东人，2005 年到京。爱好读书、游历、写诗、摄影。北漂感言：一首《十年》，感怀北漂岁月：十年嵯峨京华梦，碧海长天夜夜心。何曾慷慨赴燕市，明月清风始上游。这些年拥不羁心灵，具山水情怀，循天道人心。

迷路的孩子（四首）

陈克

迷路的孩子

我把萝卜身上的土，一小块，一小块地
刮下来
我怕它们迷路

我轻轻地刮，怕它们疼。我一小块
一小块地，刮着
这群乡下的孩子
在异乡集合
温暖拥抱

它们从田间地头，千里迢迢来到北京
只为牵一次我的手
我怎能忍心
抛弃

可是，那么多的人把它们当作垃圾
有多厌弃，罪孽就有多重

我把每根萝卜身上的土，都刮干净
领它们在一楼园圃安家
这里的春色，第二天就会
比邻家的
多一层

夕阳落入父亲的瓷茶缸

北京到故乡，直线距离
六百公里
晚年，父亲戒烟
香山夕阳
像故乡的山枣

只需五秒
就落入父亲
茶锈斑斑的
瓷缸里

牙疼

牙疼不是病
疼起来要人命
母亲张开嘴巴
双目微眯
右手食指在其中摸索
看看是哪颗牙齿坏了
牵疼着哪根神经
那根神经牵连着哪个人
那个人牵连着哪件事

恨得牙根疼
是母亲对父亲说得
最多的一句话
母亲张开嘴巴
双目微眯
右手食指在其中摸索
她摸到了老家
摸到了父亲
摸到了寒夜里的薄棉被
摸到瘸了腿的牛

我心疼地盯着母亲
看她把熟悉的人和事
——排查
她唯一忘记的
是自己
母亲从没想过
她牙疼的时候
父亲也牙疼

回音

对方电话里，总是有我的回音
他问怎么回事
我在房子里里外外，连楼道也试了
还是有
我到楼下，到广场
还是有

墙体上，有个移动的影子
拿着我的手机
戴着我的面具
说话声音和我一样
连笑的颤抖
也相同

我一下
按掉了我们进行中的
话题

陈克，1976 年生，山东沂南人。现居北京，资深媒体人。作品散见《星星》《北京文学》《青年文学》《山东文学》《芳草》《诗探索》等期刊。出版著作六部，其中诗集《母亲的北京城》《父亲的汪家庄》《俺的北漂史》构成"北漂三部曲"个人诗歌写作体系。北漂感言：世间无人不漂泊。我们需要做的是，继续在漂泊的途中找到命运之根，感恩生活。

我的情书（二首）

马莉

以小而又小的方式

夜里梦见童年的镜子
一前一后，一条街上有两条狗
相互交尾，一声不响
追逐傍晚月光下跳跃的影子
来自远古时代的箭徐徐飞来
射中一弯新月，他的膝盖伤了
她的眼睛瞎了，小城的人
继续摸索着空气中的传说
不停清理房间的信件和残骸
河流照着它的镜子，所有脸庞
垂挂在树梢上，那只年幼的蜗牛沿着
黑夜轮廓吐出长长洁白的丝线
也缠绕在镜前的树梢上
以小而又小的方式表达思念

我的情书

我的童年在我的世界里站立
个子瘦小，我拉着它的手
走啊走，跨过我的岁月
钟表在墙上徘徊着
为它消失的泪水寻找温柔的河床
小时候喜欢写信，写给自己
如今我无法回忆起信中内容
我少女时代收到的第一封情书
至今仍令我心动不已
对信中某个动词回味无穷
我的悲伤究竟来自哪里
是不是对故人日日夜夜的思念
是不是那位早已逝去的情人
依然活在我的情书之中

马莉，诗人、画家。中山大学艺术学院艺术导师、中国书画院艺术委员。国家一级作家。2011 年在北京今日美术馆举办个展；2016 年在北京大学图书馆举办个展；2018 年在美国圣塔克拉拉会展中心举办个展，多次参加全国联展。已出版著作十八部。诗歌被译介到美国、英国、韩国、意大利等。北漂感言：继续漂吧！人生不就是在虚空中漂吗？

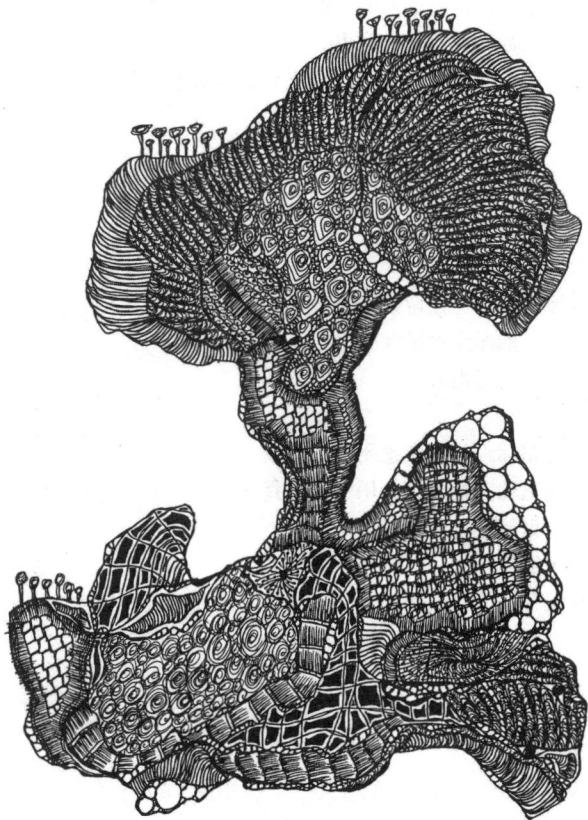

夏天到来之前……
安琪 2020-3-17

万物皆是路标（三首）

马文秀

心空如洗

初冬，黄昏的静谧垂直而下，拥抱万物的清冷
我临窗而立，将喉咙处燃烧的话语
存放进一首诗中，想送给饱受严寒的人群
此时，字里行间的无数匆忙，悄然隐去
键盘之下，我开始跋涉，去寻找你们流过汗与血的踪迹
我明白，无数伏案而作的日子，终将解开郁积的心结

万物皆是路标

雾气弥漫，分散的牛羊开始聚拢
在草地上咀嚼高原，等待一位诗人的到来
见我走来，领头羊，懒洋洋地试探我
刻意隐藏对于外来者的警惕心

在这里，万物皆是路标，羊群熟悉阴坡、阳坡
哪一面的虫草更加茁壮，牦牛也会用一泡牛粪
掩护一根虫草，这里的万物在食物链的一端
生长的速度高出了欲望
却极力守护这片无瑕的大地

拴马桩

拴马桩将我堵在村口
板着灰青色的脸
与我对视
义正词严地佐证了
此地曾经的殷实富裕

而我看到的却是
桩体所呈现出的一丝诱人的神秘
谁的汗血宝马曾拴在此处？

222

鬃尾乱炸扰乱了历史的风雨
却在风神俊雅的主人面前
蹄跳嘶鸣
像极了忠贞的情人
而此时,我决定在诗句中守口如瓶。

拴马桩,村庄钟情的物件
避邪镇宅
记住了村庄百年兴衰
我想阿米仁青加的那匹汗血宝马
再怎么叛逆也曾拴在此桩上
斑驳的桩体
在诗人的双眸中
与词汇窃窃私语
清晰复述了村庄百年兴衰

马文秀,回族,1993 年出生。中国作家协会会员,组诗发表在《诗刊》《中国作家》《民族文学》《星星》《上海文学》《绿风》等国内外数百家报纸杂志。著有诗集《雪域回声》,长篇小说《情书在风中消隐》。长诗《老街口》入选中国作协 2019 年度少数民族文学重点扶持项目。现就职于华夏艺文(北京)文化科技有限公司。

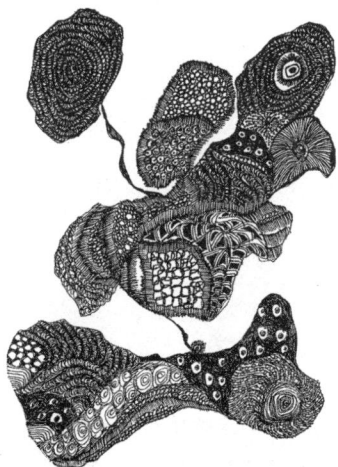

魔方（二首）

红河

秋意

秋风萧瑟
秋雨连连

我最感到有秋意的
是我的初恋

如果我的爱情失败了
将怎么度过这个冬天

魔方

一座用魔方搭建的城堡
像一个更大的魔方

如果把其中一个魔方
魔方中的一个方块
抽出来
这个世界就会
立刻坍塌

在很多人眼里
魔方早已失去了魔力
魔块也四零八落
只是高大建筑
还像一幅画那样
在那里顽强地站着

红河，1963 年 10 月 15 日出生，山东潍坊人，2003 年来京。中国作家协会会员。1985 年开始发表作品，出版诗文集多部，曾主编多部美术专刊。

呼喊（三首）

张华

呼喊

年少时，常常奔跑在青山绿水的原野
一次次绊倒了
会有一双双手把我扶起
随手抓一把黄土疗伤，就能
止住流血。痛
可以大声地呼喊出来

从川东北到北京
从青春到鬓发初白
漂泊的岁月
留下太多的记忆情怀
即使被命运碰得头破筋断
也不敢像小时候那样大声地呼喊出来

其实，故乡很小
站在任何一处呼喊
乡邻听得见
母亲也听得见
现在面对的是偌大的社会
和形形色色的人
各种声音太杂乱了
我干脆保持沉默

五月，巴河的雨

五月，巴河进入雨季
十天或半个月抑或更久
到处都是湿漉漉的
适合栽种秧苗还有别的农作物
这，让我想起
北方气候干燥，雨水稀少

一些有钱的女人
不惜重金买化妆品粉饰自己的脸蛋
巴河的女人，个个
都是在用雨水来润色

出入口

一条没有名字的胡同尽头
背后是一条新修的百米大道
一些陌生人走了进去，很快返了回来
沮丧地说，本以为是条近路，被围墙挡住了

接二连三有人走进去，又返回来
说的都是同样的话

有一天早晨，一个领导模样的人
带着几个民工，扛着镐、水泥、沙子
拿着砖刀。走了进去
下午的时候
才精疲力竭地走出来

随后，一块木板钉在胡同口的墙上
白底黑字：出入口
绿色的箭头指向胡同的深处

张华，男，生于1972年，四川平昌县人，现在北京打工。自由写作者。有作品先后发表于《散文诗》《星星散文诗》《四川农村日报》等国内报纸杂志。有作品获奖并收入《星星诗刊·星星诗人档案2015年卷》《北漂诗篇》《中国散文诗年选（2019）》《世界华文散文诗年选》等选本。出版诗文集《天涯草》，散文诗集《行走的歌谣》正在选辑中。北漂感言：在北京，我不知道还要漂泊多久，已经伤痕累累了。我想，唯一能治愈的良药，就是故乡的麻辣。

裂帛

杨罡

第一次大便
是你出生的当天下午
你不声不响
尿不湿，就墨绿一片
然后你内疚地哭了
我说：小二，哭什么
谁不吃喝拉撒
然后问护士：为什么
大便是墨绿色的
护士说：这是胎便
我哦了一声，心里说
敢情在肚子里是吃草的

第一次尿
是你出生的第二天晚上
你下面那个安静的小逗号
猛然摇了几下头
一股清泉喷射而出
把老夫吓了一跳
你倒好，除了憋红了脸
跟没事人一样
护士说：这孩子尿得远
将来娶媳妇肯定远
没准会娶个洋媳妇
我干笑了一声
差点儿没把自己给噎着

第一次放屁
是你出生的第三天傍晚
火烧云把天空烧得通红
密不透风的产房
热得像个蒸笼
刚刚安静下来

那时，妈妈经过手术后
刚刚开始下地
可以喝几口小米粥了
并开始供应少量奶水
只听到一声裂帛
你这小子，放了一个响屁
竟把自己给吓哭了
嘻，真是老子英雄儿好汉

后来，你和妈妈出院了
妈妈可以吃些东西了
并开始正常供应奶水
你把住妈妈的奶房
随便吃，随便喝
然后，你随便拉，随便撒
随便放，无动于衷
小二，老夫发现
你的脸皮正一天天变厚
厚到看不见一点点羞愧

杨罡，江西修水人，生于 1970 年 2 月 9 日。江西省作家协会会员。2003 年 9 月开始北漂，现在京从事图书出版工作，业余从事诗歌、小说写作。诗作入选《中国诗歌排行榜》《中国新诗排行榜》《新诗日历》《北漂诗篇》等十余种选本。部分诗作曾在诗歌大赛中获奖。
北漂感言："北漂"是一种生存状态，也是一种陌生化的视角，与"故乡"视角形成鲜明对比，是写作者的灵感之源。

题太阳村曹宅旧照

曹喜蛙

两只民国
鳗鱼的瓷瓮，
两只改革的
水泥瓮，
一棵合抱不住的
桐树，看不到
顶的树冠，
与房脊比肩的
粼粼瓦帆，
阳台青砖地上
席卷的干叶，
一丛醉绿
如几个少女
茂盛的萱草，
清明斜坡
懒散的日子。
玻璃铁纱窗
与两扇黑门，
没关住昔日
那对偷情人。
屋里摆设
几乎没变一点，
只是没一缕
梦里的真气。

曹喜蛙，1966年3月8日生，山西运城河津人，中国人民大学哲学系研究生，艺术评论家、策展人、诗人。1992年5月开始北漂。曾任职《人民日报海外版》《名牌时报》《环球游报》等多家媒体。1988年在《北京文学》发表处女诗，曾在《诗刊》《星星》《中国诗人》等刊物发表诗歌。著有诗集《悲剧舞台》等。

读完一本诗集

朋康

在颠簸的公交车上，读一本脆弱的诗集
一晃
晃出大理的春光
晃出滇青的月
我聚拢双手掬好诗的碎片
入眼
是征人的梦

在苍白的屏上，找几段纤柔的诗意
一点
点入天涯的心上
点入夜的北京
我恣意任指尖临摹意象的画面
脑海
是莽莽的青天

梦想化为汽笛声掩盖的惊叹
才情变作疲惫中的妒忌
文字成了美
此曾是彼

将京西稻铺了漫漫平原
抬高百米上庄路的转弯
放大飘缈的凤凰岭
拨开乌云见月

何处听山歌呢？
诗集结尾
车还未到站

朋康，1996年1月生人，2017年8月北漂至今。内蒙古诗词学会会员。北漂感言：我的北漂带有流浪色彩，前一天从广宗辞了工作，徒步走八个小时夜路到南宫，第二天就带着仅剩的十三块钱来到了北京街头。没有人喜欢无根的飘，北漂最初纯粹迫于生计，而现在有了些许改变，我想要留下来了。北漂如逆水行舟，不进则退。我是个自律的笔者，所以我用诗词记录了北漂以来的全部生活。

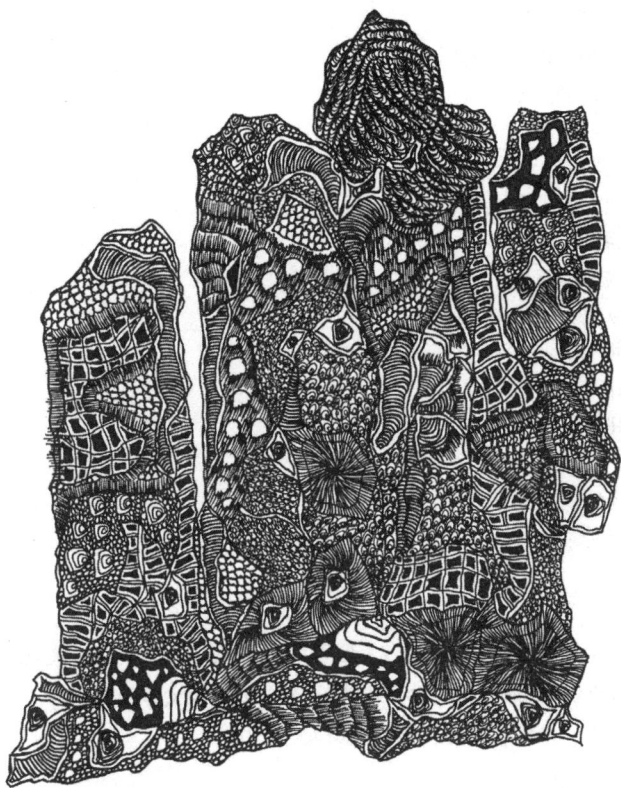

你是我漂泊踽出的秘密夜晚
宏艳. 2020-5-7

三种方案

姚永标

有三条路可以回去
也就是说有三种方案可以选择
哪一种都不是唯一
可以先坐二百公里高铁
再乘快巴到吴圩机场登机
也可以租一辆车往北开，直接
开到两江机场，再原路返回
第三方案是先坐火车往南
在羊城逗留一晚上
然后绕道向西
在北部湾边上的一个小城等三日一趟的直航
北上一千四百公里
过家门上空而不下来
降落在家以北三百公里的城市
再向南折回
到家时刚好天亮
老婆起来开门说真早

朋友征求我的意见
我选择了第三

姚永标，湖北宜都人。在《诗刊》《星星》《长江文艺》等刊物发表诗作若干。作品收入《新中国 50 年诗选》《中国当代大学生诗选》《湖北新时期文学大系》等。北漂感言：北漂十余年，辗转大半生，不辞长安居，翻作烂柯人。

早晨的北京地铁（二首）

早晨的北京地铁

北京的地铁
早晨的地铁　四号线
从地下呼啸而来
奔流于地下
清醒于大地的幽冥
颤动的空气　飘荡着混合的味道

早班地铁座无虚席
我站在窗前
模糊的影子　犹如黑暗带来的光辉
我看见一个短款的男人
斜靠在座位上
流着口水　在呼呼大睡
他与周围的世界完全绝缘

车厢里　每个人的表情
永远迷离于别人的存在
每个人的手机
都有一个沉沦的世界
从枣园出发　高米店北　西红门
到大名鼎鼎的西单
比黑夜还要黑的记忆
与我相隔一道葱茏的幽谷

这条北京最拥挤的地铁
每站的站名　相隔两分钟
就在车厢每个角落回荡
小小的骚动过后
有的人离开　有的人进来
他们的目标是远方
他们的归宿是回来

在地铁车厢里
每个人都是自己的帝王
没有逃避　只有沉默
他们的生活　工作　食物
以及反复抱过的蜜一样的爱人
让每一秒地下时光
变得异常坚韧
牢不可破

在异乡

当夜色闭合一切记忆
当星辰熄灭
最后一丝光亮
在异乡　我无法被催眠曲催眠
神秘的大地　广袤的大地
凸凹起伏
被梦幻之手　无数次抚摸
又无数次遗弃

我是时光恩宠的游子
我是万物留宿的客人
在异乡　风餐露宿
苍天为被　大地为铺
从一个空间进入另一个空间
我不食人间烟火的行囊
每一次打开
都仿佛踏入虚空的幽谷

翻山越岭　榛丛草莽
在异乡　每个夜晚的来临
我都心存感激
在无人的旷野上　当箫声响起
我总能把伤口深深隐藏
像一位曾经的绝世高手
与所有仇人
相忘于江湖

李松，云南蒙自人。1969 年 10 月生。1999 年单骑自行车，由云南一路北行流浪至北京。2001 年进入新华社工作，先后为内参编辑、新华网北京频道总监，现为《瞭望》新闻周刊记者。写诗歌、写散文、写评论，尤以调查性深度报道见长。在《诗刊》《半月谈》《瞭望》《人民日报》《滇池》等报纸杂志发表作品两千余篇（首），并入选多种权威选本。已出版《不问苍生》《中国隐性权力调查》《牛栏关不住猫》等十九部专著。北漂感言：北漂，让我的生命有了更多的可能。

日光奔跑
安琪 2020-3-23

在北京奔跑的树（四首）

张绍民

在北京，外地人是一种绿化

在北京，外地人是一种绿化
就像不同地方来的方言
在北京，绿化了普通话
就像不同地方的植物来到北京
辽阔的四面八方的植物
来到北京将北京绿化得生机勃勃
甚至这样的绿化很拥挤
绿的拥挤是一种巨大生机

在北京奔跑的树

外地来北京，就像奔跑的一个动词
成为北京一棵奔跑的树多么辛苦
但这种辛苦很快乐
奔跑自己的梦
奔跑自己的氧气
奔跑自己的爱
奔跑自己的鲜花、果实
看哪，一个外省来的奔跑词语
给静静的北京
提供了奔跑的汗水
奔跑的汗水画出了美好的画面

外省人在北京形成了爱的合唱

北京，北京，大量的外省人大量的外地人
他们就像四面八方来到北京的水滴、树叶
北京本地的人反而显得更少
这些外地来的偏旁部首
他们带着自己的呼吸
就像生命树的枝条、纸条

236

写满了自己的秘密与努力
哪怕是北京，在这样的生命大树上
在房子很贵的北京
做一片树叶悬崖峭壁一样挂在城市高处也那么美好
形成了风中沙沙响的发言
是的　哪怕是一枚树叶也是一片自己的土地
也是一本只有一页自己的字典
要发出自己的声音
要说出自己的话语
然而生命树的树叶那么坦诚
说出自己的一颗露珠
就像拿出自己的一颗心滋润北京

在北京牧羊，在北京种植葡萄园

来到北京的人很各行各业
各行各业的动词来到北京动起来组合成史诗
有的人来到北京很诗人成为一行行诗歌
有的人来到北京很画家画出一篇篇天堂
有的人来到北京很生活
提供热气腾腾的早餐提供热气腾腾的日出
有的人在北京郊区牧羊
在北京做牧羊人很传奇
在北京找人很容易，在北京找羊就难
在北京做牧羊人的人不多
把自己也作为一只羊牧养
赶着一群羊在天上吃草
这是多么天堂这是多么理想
那些羊唱出来的歌飘到天上
那些羊飘到天上成为一群白云

在北京远郊还有采摘的葡萄园
葡萄园是一串串汗水的家
把一串串汗水搓圆成为一粒粒汤圆一样的梦
外地来的汗水一滴滴一串串慢慢地在时间里甜了日子
在北京的秋天，外地人的微笑一挂挂一串串沉甸甸那么甜蜜
要知道北京的甜蜜就要去这样的葡萄园采摘
那甜蜜就像一颗颗泉眼说出甜蜜的河流在心里
那是生命河流淌在理想的城中央

张绍民，20世纪70年代生，21世纪初北漂至今。作品散见于《读者》《青年文摘》《杂文选刊》《诗选刊》。短诗有《从前的灯光》《房租》等。获得过《人民文学》《诗刊》《儿童文学》等刊物的文学奖。北漂感言：大家都在漂，见面互相微笑，树与树拥抱，就成为森林。

天亮之际
邵民.2020-4-4

夜雨中记（三首）

曹杰锋

窗前

众鸟高飞
我抬头仰望
才发现自己
已不是站在窗前的
那个白马少年

高原的八月
转瞬即逝
我喜欢或者不喜欢
都不影响一个时代
大踏步地走来

很多人用了一辈子时光
都没有找到自己
我有什么资格对着天南地北
说自己看懂了
对不起，人生

夜雨中记

路，是人走出来的
可人，却还经常喊疼
所以我不禁要问
真正无辜的
是人？还是路？

路行千百年，人
也跋涉了千百年
千百年的聚散离合
一旦成仙，就会有笑声
从云层后面传来

能逆风而起的
除了羽毛，就是人心
我们不要自己捆住自己
没有风雨的天空
等不来彩虹

四面八方的高论
想听，就是乌云
不想听，就是蝉噪
静静地与黄昏对饮吧
人生需要笑脸相迎

假如有一天历史忽然醒来
最先精神抖擞的
往往是曾经的彷徨者
那我们的爱与阳光
该去温暖谁呢？

江湖

没有风雨的江湖
算什么江湖
吹吹打打地走过一生
还不如一只猴子
在山崖上
拍案称王

刀和剑已经出鞘
血与火却想言和
趁月光还没有变老
手抚发烫的历史
有一只幼鸟
扑棱棱地活了

一个本该服老的年纪
却忽然发现
有霞光，披到了身上
假如命运想再度我一次

那好吧，拿酒来
今夜我豪情无限

各领风骚数百年
没有哪位英雄的剑气
能穿透历史
让自己永生
所以人在江湖
要先静下心来

目光所到之处
秋色渐渐复活
悲伤是昨夜的眼神
涂到哪里
哪里就歌声如诉
你来吧，我是风

曹杰锋，男，祖籍河北，生于内蒙古，在北京挂职工作两年多。中国作家协会会员、中国散文家协会会员。主要著作有《心灵的独白》《心河之舞》《行与思》，作品散见于《大公报》《草原》《中国税务报》《北方新报》等。曾获"瘦西湖杯"全国散文诗歌大奖赛优秀奖。

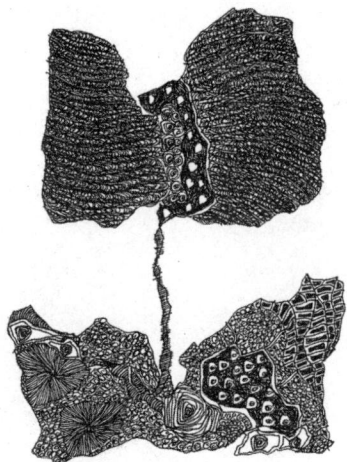

小冬青/绘琪 2020-6-23

后来（三首）

李喜柱

心声

这世界上没有一件事是虚空而生的
你以为人生的意义在于四处流浪
其实是掩饰
至今没有找到愿意驻足的地方

站在光里
背后就有阴影
这深夜，一片寂静
是因为你还没有听见内心的声音

后来

她说，我害怕恋爱时的样子
放不过自己
也绕不过别人

一旦爱上一个人
所有的猜忌、恐惧
怀疑、小气、吃醋
疯狂地扑向我爱的那个人

我没办法说服自己
也没办法安慰别人
我不是不想恋爱
只是害怕那个固执的自己

后来，我没有打扰你
你也没有联系我
终究是缘分太浅
你未能和我
坚定地说上那句
我愿意

雨中情

眼中，一直打着旋儿
那个坐立不安的人
厚重的嘴唇翕动着
他深深地埋下头去
任凭那串晶莹的泪珠滑落……

时间倒流，两小时前
天空阴沉着脸，光没有了
蓝也没有了
秋雨耍起了性子，瓢泼的姿势
瞬间压住了车水马龙
远处，一辆闪烁的救护车
失去了久违的任性
像个跛脚的老人走走停停
急啊，一车两命
医院遥不可及，路就在脚下
天空挤满了电闪雷鸣

大雨，谁能把它招安？
车窗外，一道亮丽的风景线
一个年轻的姑娘，确切说
一个漂亮的小姐姐
指挥着闪烁的霓虹
在车道中左右逢源，见缝插针
与时间对赌
就是一场争分夺秒的冠军赛

那条突然涌现的生命通道
像突然出现的彩虹
雨，愣了，电闪雷鸣打盹
远处，白衣天使张开双臂
在等待着这场人间接力
那个坐立不安的人，热泪盈眶
此时此刻
他即将升级为——父亲

李喜柱，黑龙江人，生于1974年2月，长居北京，偶尔闲居大理。发表过诗歌，散文，也写过小说。发表诗歌百余首，曾入选二十余部诗选集。北漂感言：转眼来北京二十年了，恍若昨日。还记得刚到北京时在北青报发过一篇小散文《那时我真的没钱》，的确是真实的情况，那时我真的没钱。拼搏奋斗了这么多年终于在北京扎根立足，其中的辛酸只有自己知道。有成功、有失败，如果非得说北京带给了我什么，我想是失败的婚姻和经济上的富足吧。

两个脑瓜或三种生活
安谌 2020-3-9

他说

刘敬贺

他说，北京像一座大森林
我身型小巧，活蹦乱跳
像里面一只探头探脑的小松鼠
他说，要把我揣在口袋里
毕竟森林险恶，猛兽横行

那时我们在京城的两所校园中
抬头是碎星子，身边是意中人
夏天的风吹起，亲吻与牵手
都是纯粹的爱意

后来，他看到森林里不只有小松鼠
还有向上走的天梯
兜里揣着松鼠会让他分神摔下去
我识趣地离开口袋
亦转身向森林深处走去

刘敬贺，出生于 1997 年 2 月 8 日，首都师范大学研究生。北漂感言：今年开始了在北京的第六个年头，可能一直在校园中，不能算是严格意义上的北漂，但是开阔却拥挤的北京，能让每一个外乡人无论以何种身份，都会生出一股漂泊感与孤独感。这个地方，有着对年轻人"广阔天地大有作为"的吸引力，它强烈致命，持续点燃着人内心的光，哪怕渺小微弱却会春风吹又生，所以每一个北漂只要心中还有光，无论年轻与否，就还会坚持漂在北方。

大年初一，我登上长城

孙清祖

仍是寒风瑟瑟
登城的人一波又一波
都来到了好汉坡

其实对我这个山沟里长大的人
爬上这样的高度
根本不算什么好汉

然而在那些出入平地
而没有见过高山的人来说
上到这样的高度的确是好汉

我还是最佩服古人
把那么大的石块运到山巅
那才是真正的好汉

孙清祖，男，1966 年生，甘肃榆中人，2013 年年初来京至今。甘肃作家协会会员。作品散见于《人民文学》《飞天》《中国作家》《扬子江诗刊》《北京文学》《中国汉诗》等，入选《新世纪诗选》《北漂诗篇》等多个选本，著有诗集《春风敲门》。

丢过（四首）

宋醉发

丢过

丢过鞋子、衣服、帽子
丢过手机、钱包、钥匙
也丢过人
还丢过理想
丢过信任
丢过爱
这些都丢得起
唯一丢不起的是
良知

你怎么可以

你怎么可以把我的明亮借走？
你怎么可以拿我的苦难赊账？
你怎么可以把我的心
撕成彩霞画天边的灿烂
你怎么可以把我的黑暗
切成窗子，沿街摆放

你怎么可以把我所忘的偷去制作风景
你怎么可以用网络的喧嚣埋我
你怎么可以划分我的生活
比田野分成键盘还要危机四伏
你怎么可以断言我
在天堂还是深渊

民工兄弟

汗水付出之后剩下什么
未必有一次收入或一点盈余

太阳落山之后剩下什么
未必有一碗薄酒或一场电影

春节到来之前剩下什么
未必有一封情书，或一张
回乡车票

十年过去之后剩下什么
未必有一声爸爸，或一把
家的钥匙

大地是一张古老的餐桌

我在取景框里看世界
大地是一张古老的餐桌

许多阳光被植物吃掉
许多植物被动物吃掉
许多动物被人吃掉

看了很久，很久，很久
忽然明白
这就是
历史

宋醉发，本名宋岗，1962 年生于福州。诗人，国家一级摄影师。现居北京。出版过多本个人诗集、摄影作品集。出版有大型影像诗集《中国诗歌的脸》（第一辑和第二辑），并先后在广州、北京、厦门、福州、美国旧金山等地举办《中国诗歌的脸》相关展览。

二维码（三首）

苏真

一次谈话

我选择在落幕时拉你的手
在你的城池里做一尾鱼
长出白色的绒毛。用蓝色的尾巴
蘸着霜露抄经，给你写信

光，分割并让我开出花
那一刻，冷艳是我唯一的盾
黑、妖冶肩负哲学的深刻——

"来呀！来和我一起去找灯塔——"
（你用宽大的衣袖擦去天空的斑点）
"来呀！来和我一起，像牲口一样活着——"
（你的水杯里燃起烟花，白色的波涛）
悬崖露出光秃秃的牙齿，你选择在
落幕时回望。此刻的舞台杂沓而真实

时间结构图

落日长着巨大的翅膀
野草从接连而来的暴雨中
收取利税
用荒唐结构荒唐

量子力学在女博士的筷子头飞舞
初识被一场落雨俘虏
两只白蝴蝶飞向遥远的天空
找不到你送给我的白皮书
大海有蓝色的病痛
我的名字里早已长满野草
荒芜并且阔达

选择在冬至那天落草
在春分日找到那片干枯的瓦当

二维码

路过公交站的时候
看见那个拾荒的老人穿着很新的棉衣
帽檐破了，露出白色的棉絮
黄的像是被烟熏过的肺。没有庸常中的鸟儿
乌鸦也去南锣鼓巷或者中关村蹲守了
排队的人们绕过拾荒者和他的二维码
听说，一个非著名男诗人薨了
有人翻出他的诗，照片里的人倚着
三月桃花。我盯着他的二维码
与平常无异，一圈圈的，多像是树心里的
年轮。绕着绕着，就把自己
绕成了方方正正的棺木

苏真，内蒙古人，蒙古族。居北京。作品发表于《星星诗刊》《散文诗》《绿风》等，入选多种诗歌年选。北漂感言：崇尚内心写作，醉心于荒原、落日和花花世界。

野有蔓草
宵棋 2020-7-8

城市孤岛（二首）

与雪相拥

寒凝大地
是谁呼出纷纷扬扬的雪花
它们成团簇拥着
从孤独寂寞的广寒天幕
飘落在行人的身上

爱你且敬你
把你捧在手心小心地呵护
你的冰冷让众生颜面无存
风做催泪剂
掠过你的额头
突然想为你痛哭一场
我看到一朵六出白梅
地面化作湿润的泪滴

路灯在夜晚
默默坚守着神秘的信念
漫天飞舞的小云朵
一点点加重着世界的洁白
透过车窗
望一望渐渐安静的楼房
展示着千古寂寞
自作多情的我
臂弯站成一尊街头雕塑
我要替所有渴望爱的人
以及从古至今诗意的夜晚
给静穆的雪花一个真诚的拥抱
轻揽它的腰肢
一起幸福地舞蹈

城市孤岛

那天我在漂泊的舟上
看到一座温暖的小岛
它拥有春天该有的一切
无论是歌声还是微笑

浪潮一次次冲刷海岸
将如织如梭的船儿打翻
在城市人人都是一座孤岛
彼此渴望温暖的拥抱

尽管我想任性一把
勇敢地靠岸
最终还是选择遥望
在深海
一遍遍将往事打捞

王长征，中国诗歌学会校园教育委员会委员，《中国汉诗》主编。作品见于《诗刊》《中国作家》《星星》《扬子江》《人民日报》《中国文化报》等报刊，入选数十种选本，已出版《心向未来》《漂在北京》《鹿鸣》《幸福不期而遇》《北京西城老字号故事》等，多部作品被译成英、法、俄、日、韩等语种。

来去辞（三首）

袁丰亮

来去辞

城市里的落叶
被收集装运，成堆焚烧
在火焰的烧疼处
吐出烟雾，发出噼啪
的喊叫

野外的落叶
恣意地坠向入定的山坡
草垂首静思
大地多了脱尘后的安静

我们不停地走着
无法预知
后来的后来
我们是否背负灰烬的
味道

清晨的光亮

麻雀的羽翅
替我收留了带露的
晨光
折射荧光的衣衫
替环卫工的身子
涂上一层防护色的光亮

我看到，早起的路途
又多了一种绚美
麻雀张开的翅膀
飞高了
飞起，又落入凡间的树上

旧照片

旧照片里
洇着一片沉沉的黄昏
我的母亲，眉清目秀
她是整个岁月静美的晴天

世界丢失的部分
母亲还给了我
异乡的人生是新奇的
我总想，搬动旧物件里的
一些琐事
在她温存的目光里
暖一暖身子

旧毛衣编织的针脚
容颜已旧
我承袭的骨骼、血液、肤色、秉性
全带着母亲遗留的基因

袁丰亮，笔名伍骏，1968 年生，籍贯山东临沂，现居北京。中国音乐文学学会会员，中国音乐著作权协会会员，北京海淀区作家协会会员。在《中华英才》《文学青年》《国防》及中国诗歌网等刊发诗文，并多次获奖。

突然的伤感（二首）

牛一毛

突然的伤感

或许是因为一条酥骨鱼
或许是她的一条短消息
觥筹交错间
胸中突然涌起层层叠叠的伤感

我带着微笑
把土豆丝塞进嘴里
又顺便大声欢笑
以附和同伴的表情

那是一股忽然的伤感
如崩溃的大堤
却异常安静
没有露出一丝痕迹

一个温暖的微笑

卑微总是被唾弃
正如六月失掉了自己
她的信息是一把冰冷的刀子
我苟延残喘
一点一点粘起伤心的碎片
在夏天的风中
在秋天的黄叶上

寒风带走了昨日的伤痛
她还是那么美丽
漫长的冬日啊
我在寒风中不知所措
不是害怕寒冷的刀子
只因为
一个温暖的微笑

牛一毛，本名张春孝，80后，毕业于山东师范大学文学院，现居北京，任职策划编辑。著有短篇小说《北漂寓言》《梦醒黄昏》等；长篇小说《好人好梦好月亮》《高二·六班正传》等。北漂感言：一个漂流的夜晚，我忽然想拥有一个家，有她在，有书，有桌子，有笔，有生活。

驶向春天的航船
杨延成问题 | 安琪
2020-9-10

雨滴是垂直的（二首）

阿 B

雨滴是垂直的

它垂直到把我一分为二
让我失去完整、偏见和纯粹
垂直到把一个陌生的理想送过来
让我暗喜，一遍一遍地默念
直到再也放不下这个早晨的雨滴

它于上方世界，自层叠不一的雾霭里
始终带着一些情绪
有时，它是经过了万丈光芒垂直而下的
我直呼它为：喜雨
每一条垂直的水线与这个季节
有着矜持和明确的关系，有其连贯性
雷声除外，包括一些闪电
早起是值得的，我明白了雨滴为何物
它越垂直我越喜欢绽放的一切

在雨季，放弃身外之物
把曾经的长发找出来洗净等千手千眼
或骑单车的某人经过
以去长安街上看看为由搭一个顺风车
想这些的时候，我坐在床上
听雨滴的声音如何叫世界静下来

雨滴是垂直的，有其看不见的力量
它刺破土地与渴相遇
令死去的那些好细胞醒来
远处，一部分毒混在雨季或落在麦田上
看见了，要不要视而不见
某人也赤身在雨里
要不要提醒他小心着凉或免于传染

想说的被关在室内，浸在潮湿里
发呆和遥望也湿漉漉的
短信里上海朱教授问：还在诵经吗
雨滴下，慢慢发现一些秘密在暴露之下
发现自己垂直的语气也在减少
Take your time，或许可以这样

北京蚊子

两只恋爱的猫挠坏了纱窗
蚊子乘机而入，并非纱窗坏了
它们带着只有自己明白的饥渴、恶毒
或是另一类择食手法

入夏，蚊子又来找我
不在思念范围里的拜访即是不怀好意
疫情下，它们嗜血的共性未改
我的血液还有一些诗歌成分
希望它们传播给另一个不写诗的人
它们，是北京蚊子
以玲珑贯耳的叫嚣，在夜晚里

北京蚊子，喜食体内的文艺滋味
制造的痒有别于家乡那种
有别小地方蚊子只找有光的方向
北京蚊子向往抒情的环境，潜伏或飞舞
后海、南锣鼓巷、798 和喇嘛庄
只咬写诗和画画的
只咬浪漫的，穿旗袍和汉服的人
只约会有香气的血型
只在眼耳鼻舌身意旁缭绕，嘤嘤作响

后半夜我在蚊子的叫声中醒来
猫也醒来，和我一起抓蚊子
蚊子在书房里还叮咬了书及文字
我与猫面对一个一个痛点和痒
我对猫说：天亮前我只有写诗算了

阿B，本名毕翼，诗人、画家、服装设计师。曾就读于北京大学艺术学院文化管理专业、北京鲁迅文学院第97届作家班。先后在《诗刊》《作家》《诗神》等刊物发表作品。部分作品入选多种诗歌集。出版诗集《七步之遥》《以醒来的方式》。

在晚停驻的地方明弄
安琪 2020-4-13

活着（三首）

刘剑

明月下想起母亲

高高的明月在你的头顶上方
高高的明月像一个牙牙学语的孩子
谁能亲吻它一下
是那高高的树梢，还是魅影闪烁的山峰？
如果是那魅影闪烁的山峰
它就是我远离尘世的母亲
树梢在夜凉如水的月光里弯下腰肢
母亲的形象飘缈在我苍老的肺腑
花了的双眼晃动着无数只飞虫
只是月光愈冷，泪目愈是滚烫

活着

活着多么美好，活在阳光下，活在月光里
活在风雨中，活在曲折的路上
活在醉中，活在细菌和病魔的世界
我曾衰竭的心脏遇到阿司匹林
艰难而凶险的旋涡，猎人深陷狼群
唯一的野兽是放弃，死亡是一张网
只捕获羸弱的鸟儿的鼻息
朽木撤离死亡的屋檐
树占据房屋的空间
让我相信你将重生，重生于树荫的光芒里

我看到了山羊和蝴蝶的灵魂

我要到达的那片山坡已不遥远
山羊和蝴蝶出现在视野之内
但途径可不止这一条
青草依依，脚步或许因为留恋而变得缓慢

这时，我多想变成一只山羊
一只迷恋野花甚于青草的那种
并且是灵魂轻灵飘逸的那种
在面临灵与肉的抉择时
我宁愿选择前者，哪怕做一次蝴蝶的替身

其实在我的眼中已无大小之分
也无哺乳类动物或鳞翅目类昆虫之分
要分就分一分灵魂
要分就分一分谁在更加艰险的地方
依然保持着曼妙的身姿与自由出没的身影

人类的四肢生来就是自私的
不似山羊的四肢和蝴蝶的翅膀
它们更配称之为精灵

在更加邻近它们的时候
我选择沉默的方式
因为我分明看到了它们自由的灵魂
因为在此时任何声响
都会揭示出一场风暴的秘密

刘剑，男，居京皖人，当代诗人。出版过诗集《微蓝》《短歌行》《海石花》《守望》《他山石》《超验者》《有飞鸟的地方就有天空》等。

日光在我舌尖滚动（六首）

丹飞

那些潜在水下看世界的鱼是过于羞涩的鸟

北京以南
鸟多了起来

其实北京以北
鸟声也渐浓

听见一滴春意
或者是一粒
毕剥
啄在我盛夏的手心里
爱情来临似的痒

那些潜在水下看世界的鱼
是过于羞涩的鸟
它们也会在溶溶月下
一场杏花雨前
轻轻拍打翅膀
飞过想象的野马不曾到达的指尖

我看见
那一刻
它们是与欲望绝缘的人

客厅的沙发在我离座之后

少有的门户大开
夜风向西
蛙声向东
数我背上魔头守护的法则

三年

看时间写下的无心之作
比我们中间道行最深的魔还要高深

客厅的沙发在我离座之后
久久保持苹果状的臀形

注：丹飞后背的文身形象是一个抽象的面具，习惯称之为"魔头"。

上山吃一颗苹果

我寻找我和你的不同
绝对不是男和女这么简单
世人手心相抵
先后坠入深渊
或独留一人在悬崖边上
探首眺望
夏虫不可语冰
边缘人的心绪没法对轻易失重的人说
我和你不同
我们往山上走
一前一后
拉开一些距离
让坐在山谷的风可以振翅
把我们之间的气氛搅得恍惚不明
却也不让窃衣①和婆婆纳②横在我们中间
对那些不可名状的名词和动词做色谱分离
我们登上山顶
有时就歇在半山腰
那里有一棵苹果树
摘下一颗在衣襟上蹭了蹭就入口
第一口是云霓
第二口是日色
第三口是时间的灰
第四口是信守的和背弃的
第五口是我们心里的兽
一时竟不起分别心
我们交换口颊生的香
一致评定

①② 植物名，可做中药材。

这一颗苹果
比我们前半生吃过和后半生要吃的苹果加起来还要香

一颗橙子的乡愁

倚门深嗅的一树繁花
巧手轻破的一粒新橙，穿越
比多更多的日照
比少更少的雨，捧出一颗
沐江风深露
数星星的橙子
抵达你
橙子之味
永夜永日的回味
你时而用陶瓷刀
无限缩窄
芳香烃的扩散半径
时而假以十指
析出一颗橙子内心
住着的星辰大海
也会数着果粒
想到必须成为异乡人
才能任由一颗橙子的乡愁
在指间
缠来绕去

日光在我舌尖滚动

日光在我舌尖滚动
最锋利的那枚味蕾细细分辨是谷雨的日色
滚过立春的初阳
扶住夏至的细腰，腾空跃起
翻到立秋
覆过霜降的霜
裹住小雪挥出的风雪
一颗橙子才算熟了
此刻它饱含热泪
漫溢我齿间
开始并结束短暂而灼热的旅程
喁喁讲述它被日色过分眷顾的一生

264

白雪皑皑

古人唱

蒹葭苍苍

古人吟

白雪皑皑

今人多是音律盲

他们说苍苍是茂盛的样子

皑皑是雪洁白的样子

今晨我披雪带风

脚步快速踏上积雪

快速抽离

发出皑皑皑皑皑的响声

作为音律家

我与古人在这一刻心意投合

如果雪入芦苇荡

只听得风动苇响

苍苍苍苍苍苍苍

丹飞，1974年4月2日出生于湖北咸宁，现居北京。曾用笔名丹妤、夏洛、驷月、襟天等。出版有诗集《五月的流响》《那时美丽女子》《我是数过一万朵雪花的人》，小说集《下一站爱情左转》，少儿读物《数学故事》《戏剧天才莎士比亚》等，合译布克奖获奖作品《海》。1993年被保送清华起北漂，中间做过海漂、广漂又回归北漂。北漂感言：如果说北京已成为实质上的精神故乡，北漂则是精神谱系的象征——归属和认同感既切肤又存疑，诗性地感，这是一种审美距离，也是无根无依的"一代"必然的宿命。

爱剩下来的所有时间（三首）

孙苜苜

爱剩下来的所有时间

双手交叉放在胸前
全身绷直，利用双肩的力量
保护自己不受到更大力量的
压迫和冲击
头贴在别人肩头，但和脖子并不在
同一角度，就算脖子酸了
脸也不能转回正前方
而是顶在前面某个人的后背上
或毛茸茸的头发上
能闻到洗发水的味道
感受到不同衣服的材质
微隆的肚子抵在某人微翘的臀部
不得已时的武器是发出
"哎呀"和"妈呀"的叫声

狼狈地挤下地铁
腰和鼻子有些酸，大声对自己说
我爱今天剩下来的所有时间！

需要

这个租来的客厅很大
所以需要两个吸顶灯
我的心很小
所以只能装下一个男人
两个白天，今天和昨天
明天的需要明天才能装下

需要大而柔软的沙发及
靠垫，距离市场或超市很近
洁白纸巾，一日三餐，洗衣机

金纺。我需要那些明亮的事物
靠近我自己用以抵消
没有鲜花的时刻，我还需要
痛哭一场
抵消地铁早高峰时留在心头的雾霾
地铁里的一只流浪狗
几乎嘴里就要长出獠牙

观察

通过观察，我发现眼前尽是
黑衣人，占总数的 70%-80%
都面无表情，行色匆匆
我的土黄色羽绒服
前面是军绿羽绒服
军绿色前面是雾霾灰
雾霾灰是新世纪的偏爱

两个红羽绒服出现在地铁口
我羡慕能把自己打扮成红花的人
她们很久没有伤筋动骨地哭过了
她们眼里的世界除了花园就是天堂

而我需要冷色处理我来不及
褪去的浮肿和暗生的褐斑
大众肤色和虚幻躲闪的神情

我说我是伪装，你非说我是暴露

孙苩苩，曾用名孙艳秋，女，河北省承德市人。曾在《诗选刊》《诗歌月刊》《诗潮》《散文诗世界》等刊物发表作品，作品曾入选《北漂诗篇（第三卷）》《部落格·心灵牧场》《中华美文——新诗读本》等文集。

莫须有的爱（五首）

吴有

只有你

只有寂静能包裹热闹
只有木桶能盛下开水
只有你能降住自由

好姑娘是移动的春天
好少年是待放的子弹
只有你能让我不还手

夏天一想起某人

夏天一想起某人
就电闪雷鸣大雨倾盆
溪流瀑布江河湖海
都开始忙着分担
我的压力

莫须有的爱

慢慢发觉除了看你我已看不下一本书了
慢慢发觉全世界都是你的眼目
你看我看我脑勺后面都是你的眼睛
慢慢发觉虫声新透纱窗也让鼓膜穿孔
踹被子踹出暴风雨的后半夜
慢慢发觉我的后背也有特异功能
能够听到你的气味看到你的魂魄
慢慢发觉你走近我的时候的压迫感
空气压强如此巨大就如同胸口压大石
慢慢发觉镜子后面都是你
我照不见自己却照见你照见你
我摔碎镜子
地上就是无数个星星无数个你

晴天也下雨无风也起浪
你走过的路边的每朵花都是一个告密者
那芬芳的芬芳的记忆如此煎熬
我的心里有无数个孵化破壳的小鸡
无辜地长大无辜地牺牲

我们是奔腾的河流与彼此的岸和岛屿

男人在遇到女人之前都无家可归
女人在遇到男人之前都是空房子

祝你们这一世并肩同行
祝你们这一世功成名就

你们的天路和地道都要彼此接轨
就连天空的云雾和光照都是一样气候

万一你们入戏太深
万一糯米遇见水煮

如果到站了还不想下车
如果下车了还没有到站

如果宇宙没有始终
那么爱呢

人生是自由和限制的课题
我们是奔腾的河流与彼此的岸和岛屿

我把最后一桶秋天的热闹倒了

我把最后一桶秋天的热闹倒了
我把天空的张望倒了
我把根的情分倒了
我把太阳的眼泪倒了

我没有敌人
除了北风和衰老
只有寂静不会消耗能量
唯有热闹可以加持温暖

吴有，安徽合肥人，生于 1975 年，1998 年来京。从事营销创意二十年，创业之余，喜欢书法、写诗、画画。

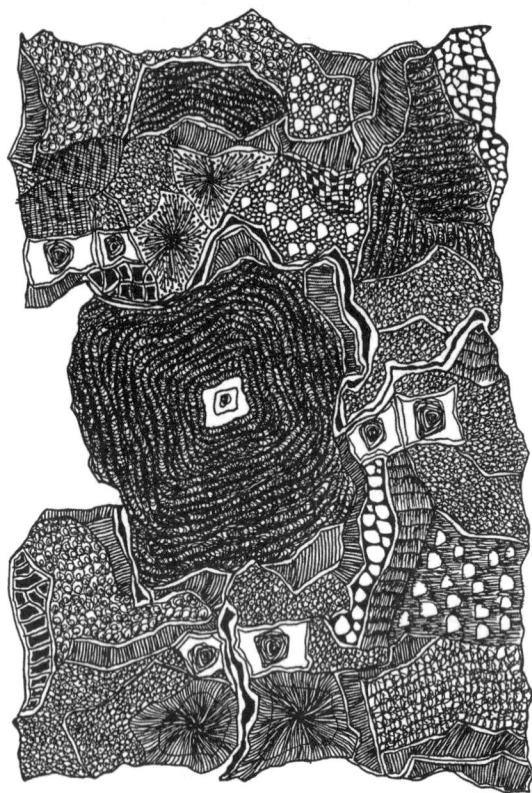

偶像的黄昏 | 安琪
2020-8-2

北漂时代的爱情（二首）

大枪

北漂时代的爱情

这是两棵客居远方的树
一棵南木，一棵北木
它们追随月亮的轮子走到一起
月亮是树木最先触摸到的鸟笼

月亮把它们的身躯
照耀得赤裸而颇具质感
在月亮面前，它们无需隐瞒什么
展示赤裸，是黑夜的需要

两棵树从树荫到根须拧在一起
是苦难和希望启示了它们
让它们对神祇立约，从子宫开始
从身体中最为原始和黑暗的地方开始
然后在黑暗中放牧萤火

在每个早晨来临的时候
它们都要采集叶脉上悬挂的露珠
因为露珠里居住着许多下凡的月亮
它们不愿意做露水夫妻
因此借月亮来存放情人的盟诺与体味

江湖相传，这就是树类的爱情
它们风里来雨里去地簇拥着
枝丫攀紧，树荫融合，通体倚靠
时刻呼应着彼此的战栗

一南一北的两棵树就这样生活在一起
生养小树，捕捉月亮，装饰风景
它们庸常地宣示着灵长类的爱情
并用枝叶和根须策动地上和地下的河流

除此之外，它们并不会去谋划一场革命
只要身体还在应该在的位置上
只要河流不会干涸，就已经足够了

马甲

当一座城市从我身边走过的时候
要允许我向三种以上的事物行注目礼
这样我就不会抗议它，曾经在我的
眼睛中实行的各种交通管制，这其中要有
一整夜亮着的路灯，要有路灯覆盖下的
垃圾桶，垃圾桶旁要有自由地捡拾垃圾的人
一些准备腐烂着的事物将会被及时阻止
并被赋予另一种生活形式，但至少是活着的
一双有些旧但品相完好的粉色鞋子，会找到
大凉山的一个小女孩，让她成长中的小脚
和地面保持一厘米的尊严，一具有些褪色
但肯定没有做过任何外科手术的迪士尼书包
会被及时背在又一个山区孩子身上，书包里
生长着的温暖，也许会缝好孩子人生中
所遭遇的许多裂口，当然，一定少不了一件
破了几个小洞的棉马甲，在一位孤寡老人那里
替阳光留足了深入生活的位置，而这些城市
和山村的虚构关系，将完成对一个网红名词
"马甲"的重新定义，当很多寒冷得像同一天的
冬天一个接一个来临，谁才是马甲的最终主人

大枪，江西修水人，1976 年 12 月出生，2002 年起长居北京。昭通学院文学研究院研究员。《诗林》杂志特邀栏目主持人。《国际汉语诗歌》执行主编。

客随主便（二首）

任怀强

什刹海

钢筋水泥的丛林里，
它如同一个幻影
有人会加以亵渎
但我不能。如此孤绝地
居住这里，我们也不能
因为曾经饮用了她，
就敢口无遮拦。
越孤独越深入高贵之境
夜晚中的什刹海，凹陷着
偶尔灯光烙下如眼睛一亮
温柔，荣耀中浸润了忧伤
但，有时我只看月亮
静静的，静静的不说话
没有人能捕捉城市的空
满街车轮的有限背景，
她出现，消失，于我
无碍，像伤痕一道道刻下

客随主便

我总像一个客人
不是京都的座上宾
更像游鱼在地铁吞吐中
空眨着眼睛旁观路人
我使劲鼓足力气，
熄灭颓废的心情
避免路上的沙粒和陷阱
如果你愿如画中人
停止微笑，使画框失色
并爱上俗世畅游的污垢
除了脱去衣着，我更像
一个伪君子朝着自己的

生活游荡。那些为你打开
心锁的人，逃不出束缚
你尽在谈笑中遇知音。

　　任怀强，生于 1974 年 11 月，山东新泰人。2009 年开始北漂。中国作家协会会员。《海外文摘》艺术主持人。作品散见于《中国作家》《诗刊》《星星》等文学刊物，并入选《中国年度诗歌》《百年山大诗歌选》等选本。主编《诗探索年度诗选 2015》《诗探索年度诗选 2016》《中国年度诗选 2017》《山东三十年诗选·莱芜卷》，出版诗集《我们的心灵》《去瓦城的路上》。

似病非病（二首）

似病非病

似病非病
我站在窗外
没能像风一样疾驰而去
我情绪低落
把花朵看成是春天的肿瘤

我知道这样不好
道路应该是明媚的
手指应该是灵巧的
诗句应该是奔放的
而我总是醉眼迷离
即使置身繁花深处
仍想着要去远方漂泊

月华

真高　我望月的角度类似
超人斜飞
为什么要望月？
难道她是一个人或一个念

我矫情已久
她在远方都没有恨你
枉凝眉　世上只有单飞雁

收下目光吧
月华璀璨　不错　月华璀璨
她照四方

而我在四方之外
彷徨又羞愧

彭华毅，1964 年 2 月出生。2017 年北漂至今。诗作散见于《诗人》《诗选刊》《星火》《创作评谭》《南方周末》《北漂诗篇》等刊物及选本。出版诗集《词语宴》和诗文集《孤独盛开的叛逆》等。现供职北京某公司。北漂感言：对我来说，北漂是一种美好而难忘的经历。

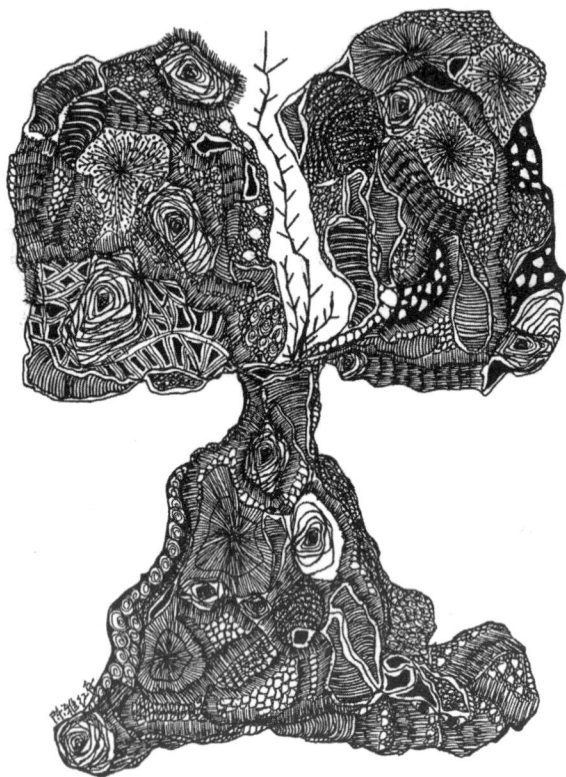

在夜与夜之间……
安琪 2020-4-8

青藏之夜断想

万华山

在世界上所有的角落
找寻锤子、榔头、铁锹、电钻
向最深处开掘前进
我站在青藏高原
抵达 3000 公里的地心
穿梭的风都开始酸软
而秘密延伸在黑洞里
人道意义的温泉成为一种诱人的枷锁
远抵不过寒冰有效
我抓起一把白色的药丸
再烤热一记祖传的膏药
贴上阴阳相隔的躯体
我高傲而有硬度的站立姿态
不屑于所有谄媚的温度
青藏高原的风永无止息地
吹刮——
牦牛用玉质的骨头抵御酷寒
雪山哆嗦着收紧身架
人啊，那些柔软的脸庞
为什么也喜欢
凶险无常的事物

万华山，生于 1989 年 1 月，河南正阳人。2016 年 8 月开始北漂。做过书店店员、文字编辑，目前为自由撰稿人，皮村文学小组成员。北漂感言：在这里找到自己的初心与文字梦想。

归乡祭祖（二首）

王德兴

等风的人

牛郎在等，孟姜女也在等
瞩望的形态都钙化了，但他们
渴望的适度吹拂仍没有到来

倒是羽扇纶巾的诸葛亮
振臂一呼——借来了东风

其实，风一直就没停过
只不过鉴于世人借助又防范的心理
迫使他懂得玩也要讲究艺术
当高度警惕时，他惯于
蹑手蹑脚甚至绕道而行
当出现懈怠时，他也会
凶相毕露甚至狂放不羁
——他始终在揣度中调整节奏与能量

不知是人的聪明促使世界多变
还是自然的无常诱惑命运多舛……

归乡祭祖

地下冒出的雪，近日
都集中在梨园里
这使我鬓角的白，自惭形秽
是时候了，我要赶回去
把平日的漂泊、躁动，包括收获
全部置换成虔敬
对祖先们作个交代

比我更加务实的，是西侧的古桑
总是在终年陪伴的同时

不时把根系伸过来
与静栖在这里的人不分彼此
是时候了，我要赶回去
把我的烦恼、失意，还有打算
逐一用泪水洗净
对祖先们做个禀报

似乎麦苗与青草早就有了约定
她们联手的慈悲，似乎把我
这个不肖子孙也当作了贵宾
绿毯之上，我极度忐忑
这也是我焚烧跪拜之时
痛哭失声的原因

　　王德兴，1964 年 8 月生于山东夏津。空军大校。曾出版《嫩黄色的旗语》《以各种方式走向你》《强军梦》等诗文集十九部。2000 年北漂至今。北漂感言：一粒漂泊的种子，一直渴望葱茏参天。如今二十多年过去了，却依旧难成风景，不发达的根系，本最适宜乡下的泥土，但由于好高和不安分，所以跌撞在城市的楼厦丛林中，为不被淹没或遗忘，始终借助文字深情地吟唱。

乡村小店（二首）

刘善栋

怀柔的天空

天真蓝、云真白、路真宽、树真绿
车载着富裕载着自由
奔驰在生活的大道上
秋天的风穿过京城
穿过怀柔的天空
敬畏一片绿树，敬畏一片纯洁
骑着那片绿色奔向冬天
奔向纯洁的心灵
风清洗湖面，清洗蔚蓝的天空
长城爬上山峰，爬上每个人的心

乡村小店

砖墙上写满了历史
小店里盛满了陈旧
他们卖的是辛苦和汗水
更多的是坚韧
阳光洒满了历史
树荫挂在墙上
招牌站在窗户上
阳光摆满了小桌等待购买
门上爬满了青藤
春天贴在墙头
自行车依然唱着雄壮的歌曲
行走在一年一年日子中
小树在阳光下成长
窗户讲着昨天的故事
时光站在地上凝固成历史
物品站在路上让人参观
把春天放在屋里收藏
爬满青藤的小屋依然坚强

小草趴在房顶上
文化贴在墙上
走在马路上
一路招摇
累了坐下歇会再上路

　　刘善栋，1963 年 11 月 11 日生于山东东阿。自 1990 年 9 月北漂至今，先在北郊的奶
牛场、医院，后在物业、水站工作。北漂感言：打工生涯锻炼了我，让我更成熟内心更坚
强，感恩那段打工岁月。

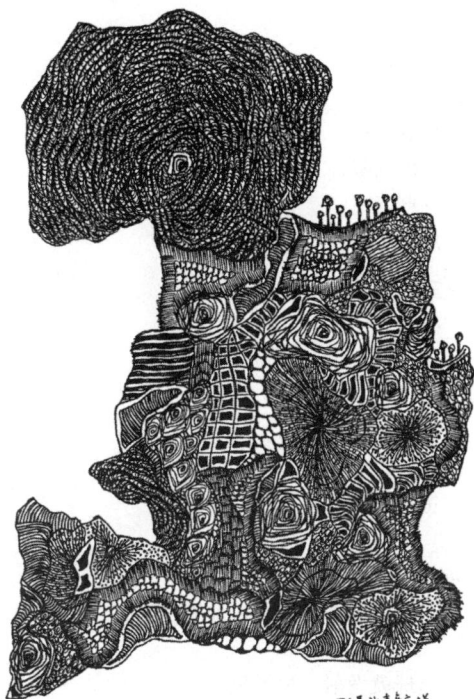

用白色的声音诉说
宏斌 2020-4-1

北京漂流（三首）

林小栖

北京漂流

将北京放在一片海上漂流，我
相对来说就是静止而稳定的了。
可我，从未获得过片刻的宁静。
紫禁城，武士般威严，让一切
乌鸦噤声。有灰色的细小颗粒
投射在漂流的客人面部，瑟缩。
似乎存在着另一片天地，剧院、
后海、草莓音乐节。许多时候，
这是我秋天暗藏的幸福，打开，
打开它，在北京的背面。生存，
拿去我年少的冲动与叛逆，嗯。
而我，尚未妥协。我在推动着，
推一座城市像推一个巨型雪球，
我要让它漂流起来，离着我们，
离着我们的梦，更近一些。离
雪后的故乡，再近一点，漂流。

夜晚，驾驶着行星……

夜晚，驾驶着行星去流浪。螺旋桨
安装在行星之上，宇宙是我没有木桩的牧场。

我将爱过的人，放进口袋，用柔软的绒布
为他们盖上被子。对，宇宙很冷，冬天更加需要保暖。

据说每当有人相爱，地球就发射一枚星星，
于是在我们航行的时候，偶遇了无数的陨石。

每当一个词落下，我就把它接住，收藏至我的储存罐。
十年间，罐子里存满了星星。我养过星星，

但我更愿意圈养宇宙。很多人说我的心太大，但更多的时候，我还是像一个牧羊人。

我用柔软的绒布为他们盖上被子，像盖上一架
斯坦威的三角钢琴。

我的航行不肩负任何使命，只为了今晚
更好地航行。

丛林法则

今天的房子，
没有麋鹿的呼吸声。

从昆虫纲进化到麋鹿科
鹿角成为一只上升的风筝，镶嵌入
猎户的星座，成为一列星星。

在虚构的树枝间，一切叛逆者都在
舞剑。黑孩拒绝人类的语言
从丛林中跳出。

丛林法则适用于绝大多数人
却无法应对一只麋鹿。

驯养的确是一件司空见惯的事，
家养的短毛兔在壁炉前晒着人造的太阳。

可它想扭转一座山，
它能躲开斗转星移因为它自己就是星星。

于是它撕掉一切被部署过的刺绣。
麋鹿拒绝醒来。

林小栖，本名曲晓楠，1998 年 11 月出生。现就读于清华大学人文学院中文系。北漂感言：简短的北漂生涯里，我已经历了从向往到想要逃离再到最终适应的心路历程，北京在我心里的色彩，从浓厚的赭红变成暗调的灰色，最后定格在带点梦幻的蓝色。时而笔闲在清华园里，时而奔跑在北京城里的剧院间寻找隐藏的快乐，时而坐地铁到西六环或是火车站……北漂的日子在记忆里始终蒙着一层尘土，又偶尔闪着点光。

陪路边的鲜花一起开（二首）

孙殿英

陪路边的鲜花一起开

初升的太阳照耀着这些花
照着谁多彩的梦
也照着我的匆匆
花朵的鲜艳让我停下来，走过去
让我蹲入盛开的鲜花间
花朵儿都忙于开放
没有哪一朵理我
我也自顾掏出心底的蕾，凝结出露
不与任何一朵鲜花说话
我默默地通过露珠，散发着我的清凉晶莹
学着花的样子，静静地开
有微风，自我心底吹起
摇不动我的枝叶，却足以令我轻颤
我也觉到，周围的花因我而颤了
但谁也不破坏这个清晨的安然淡定
清晨的路边，花儿们就这样悄然开着
在忙忙碌碌的车辆行人之外
我就这样悄然开着
没注意花的香
也没注意自己的香
甚至，忘了路
忘了刚刚还在赶的行程

风一大就飞起来

车上高速之后
我才意识到没有风
我才意识到，刚刚在物流园区
看到的那个黑色物体
不是空空的垃圾袋
是一个沉重的人

在路边，在生硬的柏油路面上
以翻滚代替脚，缓缓地移动
我不知道为什么会这样
不知道他来自何方
又要去哪里
不知道之后他怎么离开的园区
不知道他，感没感觉到
无助，冷漠，疼
感没感觉到，一个城市的陌生
开车行驶在高速路上
我心里，一遍遍地回放那个场景
一遍遍地使自己认定
那不是一个人
只是一个黑色垃圾袋
轻轻翻滚在微风中

孙殿英，1968年出生于山东高唐，1996年春开始北漂。现居北京市顺义区，为北京某物流公司企业法人。山东省作家协会会员，聊城市签约作家，北京市顺义区作家协会会员。中学时代开始喜欢诗歌，并创办手抄报《幼芽》，参与校内新芽文学社。2018年，与几位漂泊北京的山东诗人组成旮旯诗社。有诗作发表于《北京文学》《绿风诗刊》《诗探索》《诗选刊》等刊物，并入选《2018诗歌年选》《2019中国年度诗歌》等作品。北漂感言：无论向哪里漂，漂都是一个追梦的过程。但从漂的那一刻，故乡就同时失去，并且永远也回不去了。

我与母亲交谈甚欢

卢吉增

每次回家，母亲总对我说些重要的话
我知道这些话是为我存的
我要收下
这次也不例外

母亲说小侄女考了第一名
给她奖励，她不要的
说咱家的石榴树今年没长几个石榴
有只鸟在石榴树上搭窝
正在孵化，不怕人的

说电视上报道哪里闹了水灾
某村淹死了一对双胞胎，这可怎么过
说谁家孩子离婚又结了婚
媳妇比上一个孝顺

说国家为他们老年人免费体检
自己身体没什么大问题
说村里成了新农村建设的试点
却又出了些什么问题

母亲一五一十地说着
不时兴奋、感慨、叹气

有些事我比母亲清楚
有些事我没必要了解

不过我偶尔插句话
做个过渡衔接
让母亲继续说下去

卢吉增，笔名向隅。2003 年来北京。作品散见于《人民文学》《诗刊》《北京文学》等刊物。

漂泊的心

金钰

那年你背起行囊来到北京
从此年复一年的汗水流呀流不停
流走了懵懂和青涩
冲刷出来的是勇气是激情

你白天汇流在川流不息的人海里
夜晚却独自数星星
啊，漂泊的人一颗漂泊的心有爱也有情
情比那海还深敢比日光和月影

那年你怀揣梦想来到北京
从此年复一年的汗水流呀流不停
流走了青春和岁月
沉淀下来的是从容是淡定

你白天汇流在川流不息的人海里
夜晚却孤灯到天明
啊，就算生活的路上充满着再多的艰辛泥泞
但你还是说要用尽一世一生
深爱着第二故乡：北京北京
因为没有什么能代替你心中那份赤诚和崇敬

金钰，本名张立玉，男，出生于 1969 年 12 月 29 日，山东省日照市莒县经济开发区建华村人。中国音乐文学会员，已受邀录制全国三十余档电视访谈节目。

大风（三首）

梁小兰

落日

天色渐晚，夕阳纠缠于树林密密的网纹
废弃的高楼落满尘垢
阶梯上有铁的锈迹
透明的玻璃反射出温暖的光
我在日落时见到一群人
他们背着海水，在沙滩上行走
还见到一群人，坐在山顶上
想要看清夕阳究竟去向了哪里

我把眼前的事物抚摸了一遍又一遍
梅花落了一地
喜鹊衔枝飞去
晚风羞怯，荡漾在安宁的小巷里

夜色上来
夕阳像一个人，抛下小镇
独自去了远方
落进永恒的悲喜里

暮色

在小南庄，落日先是到了高楼顶上
然后一点一点往下降
玻璃墙上反射的光红且耀眼
大雁像天空中黑色的按钮，飞过去
天就暗了
立交桥上的车一辆接一辆，速度飞快
举目四望，万物罩了一层灰色

一位老人在一根电线杆旁开始摆地摊
手套、证件套、耳机、袜子、小抓夹……

另一中年大叔推着三轮车，车上摆满了各种书籍：
新的、旧的、盗版的、正版的混杂在一起
旁边传来烤红薯的香气

黑色淹没了黄昏，也淹没了
喜鹊欢天喜地的叫声
道旁的银杏树伸手接住渐亮的灯光

我低头，急走，羞于
让人看见自己的蓬头垢面

大风

八级大风在城市里翻江倒海
连根拔起的大树倒在地上，摔伤了内脏
玻璃碎裂，发出响亮的哀号
空中飞扬起沙尘和众多不明之物
一些东西离开生存的地方
被带走，从此不知所踪

街道上，小蓝车、小黄车发生了多米诺骨牌效应
一排排猝然摔倒
鸟躲回巢里，居民闭紧窗户
以图阻止动荡之物

这浩瀚的力量，不知从何处来，也不知向何处去
它如此癫狂、怒号
一定是遇到了撕心裂肺的事

梁小兰，1975 年生，2006 年到北京。北京老舍文学院第二届中青年作家（诗歌）高研
班学员。著诗集《我是庄周梦里的一只蝴蝶》《仿若梅花，仿若雪花》。曾在《北京文学》
《青年文学》等多家报纸杂志发表文章，获第四届"诗探索·中国春泥诗歌奖"提名奖。北
漂感言：对故土，有深深的眷恋；对异乡，有深深的感恩。

消失的人（二首）

宗城

消失的人

铁路源源不断输送着人
载着他们
去遥远的都城
上班后下班
下班后睡觉
日复一日
在历史的轨道中
等候下车

也有的人
忽地脱轨
无声无息的
从此不被人谈论

这座城市
每天都会有脱轨的人
每天也都有新鲜面孔

他们在庆祝
他们在旁观
到底，自己是梦想
还是梦想的代价

地铁一日

站在开往五道口的地铁上
黑夜里我不用再被挤出车厢
玻璃上的建筑
我的脸重叠
手机的讯息提示
稿件要重写

走在回家的路上
停靠在地铁站的一旁
夜晚的广场闪烁着绿光
今夜，我要睡在地板
告诉母亲
自己一切平安

宗城，1997 年生人。广东湛江人，小说写作者。曾获香港青年文学奖，入围青春文学奖终选。作品散见于《财新文化》《东方历史评论》《文学自由谈》《星星诗刊》《作品》《单读》等。

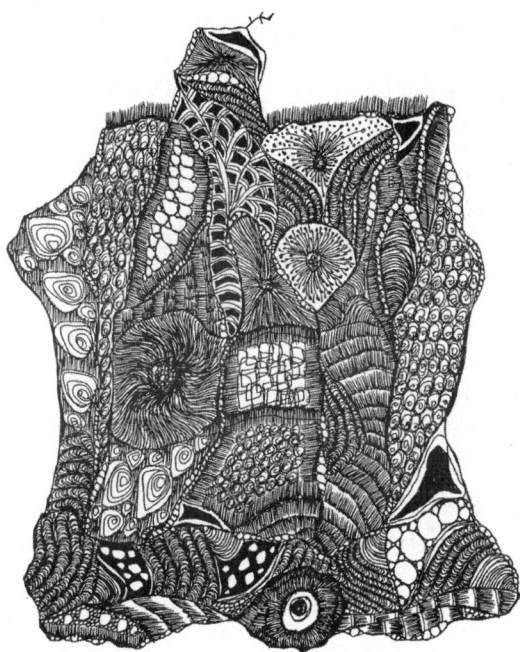

梦的唯一出路
宾祺 2019-7-23

中年焦虑症（三首）

花语

更多时候

更多时候
荒凉更加贴近我的心境
一个人比两个人舒适
两个人比三个人舒适
三个人比一个群，一个区，一个州的人
在一起更加怡然自得
想要保持自我的完整
不被打碎
不接受过滤和搅拌
一个人，就是最好的摆放

我习惯这种安放胜过扎堆

荒凉是无所求的
一枝狗尾草耷拉着眼皮
悠闲地闭目养神，胜于被虐
被加上添加剂，制成干花

中秋的阳光倾斜着照耀楼群
高速路同频的车阵发出轰鸣
我骑在幸福的电动车上寻找视角

难得一生中有这样一个时光
心宁如镜

十月某天

整整一天
十月的天空，都没有掏出瓦蓝和靛青
倒扣的穹顶灰白渗透阴暗
我有无所事事，枯坐院落的上午

百无聊赖的猫
韭菜丛中的捕捉
跳跃，绝非表演

没有什么能让我兴奋
这很恐怖
比爱情缺席，婚姻短板
还要沮丧

拆迁的慌乱
倒塌的房屋，将宋庄所有美好
瞬间埋葬
我已经不爱宋庄
它给我太多失望
如瓜架悬挂的葫芦
葫芦里卖的什么药我不知道
我知道冬将临，雁南飞
秋草黄

中年焦虑症

实在兴奋不起来
说得确切些
是大脑缺氧，忘性替代记性
狂躁替代安静
房门的两把钥匙丢在了何处
户口本丢在了何处，我到宋庄的初心
弃之何处

我像上午一样呆坐院中
没有什么值得高兴
小猫吃过益生菌
腹泻在略微好转
这是让我略有安心的事实
但是迷失的激情
变质的友情，制造的陷落
是另一种劫数

花语，诗人、画家。《十二背后》执行主编，诗画艺术同盟会长，中国当代女子画会成员。著有诗集三部。北漂感言：北漂是自我发动的一场革命，是新我对旧我的挑战，更新和抛弃，北漂需要勇气、耐心和长久的坚持，要吃苦，要斗争，要不断地蜕变。

在智利的海岬上/孙新堂春
宰琪 2020-8-17

在通州的孤独（三首）

小海

在北方

失落的人在北方
一口一口将月亮吃掉
喝醉了在废墟上抽烟
熄灭星空的灯盏
做梦的人在南方
一夜一夜将青春流放
疲惫了在工厂里坚持
凝视毒辣的太阳

碎石子离开了家
野草开口歌唱
云朵渐渐暗了下来幻化成盛夏的挽歌
海水迷失在八月
燕山围困着黎明
无数的花朵依偎着无边的夜幕哭泣
天空中没有一丝风
广场上没有一个人
放浪的游子漂在永定河上彻夜不归

我们像石头一样顽强又倔强地流浪在北方
我们像麻雀一样忙碌且悲伤地徘徊在北方
我们像野草一样葱郁又荒芜地飘荡在北方
我们在北方　在北方　在北方

诗歌小径

在诗歌荒芜的小径上
我拾起蛛网上的露珠
昨日的光阴一碰即碎
野草修饰着梦的海洋

你我在柔软的水中
追逐着金刚的城市
却在易朽的生活中
腐烂而浑然不知

自由是一把生了锈的旧锁
云朵和翅果菊占据了八月的天空
钥匙困在银行的保险箱里
总也打不开理想王国的大门

迷路的人们
依然挤上喧嚣的街道匍匐前行
还要歌唱荒凉吗
还是歌唱欲望
香丝草摇曳在黄昏的风中
遗世独立的人住在最小的一朵花瓣中
枕着星光入睡

在通州的孤独

我在通州的孤独一如你前朝的伤感
夜幕徐徐拉开紫丁香已黯然
露水打湿了凌乱的句子
散落在八月之怀凋谢不堪

我在通州的孤独比盛开的烟花还绚烂
青春加持着我戴上无冕的王冠
星辰在银河沙场点兵
野草在风中列队成欢

我在通州的孤独注定是一段绝世之恋
太阳是我左掌心延伸的命运线
月亮于我的右心房住成一座空空宫殿
我在日月轮回的春夏秋冬里看茫茫天地浑然

黑又一天
白又一天
我的身体内储存着腐烂的黑夜和成吨的白雪
飘落在世界中国北京通州的每一条喧哗四起的街

296

小海，生于1987年，河南民权人，老舍文学院高研班学员。在珠三角、长三角、京津冀上班十六年，于流水线、机台旁、工作现场创作诗歌五百篇。作品在《中国青年报》、新华网等偶有发表。

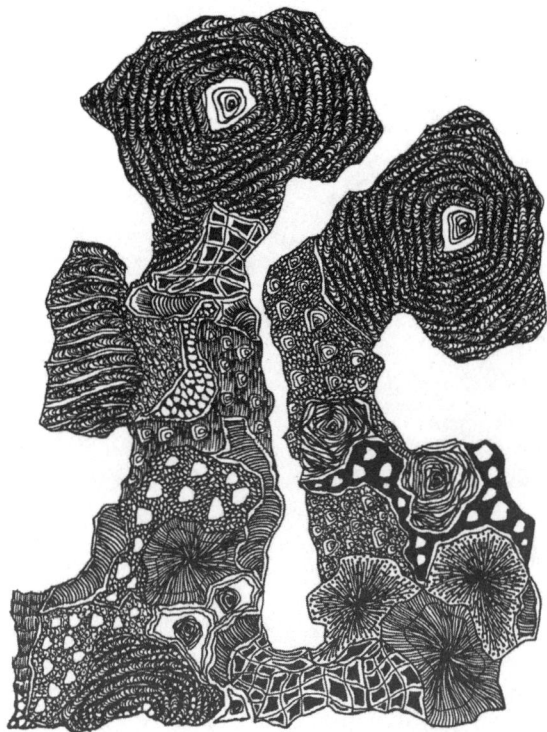

神的歌谣／安琪
2020-1-8

无题（二首）

邢昊

康奈尔大学

医学院的学生们
非常勤奋地
研修各种疾病
慢慢地感觉到
自己的身体里
每种病征都有
而那些喜欢
读小说的学生
总会将自己
对号入座
当成书中人

年终总结会上
博纳科夫对
他的学生说
不看小说的学生
简直糟透了
看小说把自己当成
书中人的学生更糟
看小说把自己
当成作者的学生
也好不到哪儿去

一个好学生
应该是好小说
的好读者
一个好读者
绝不会十分可笑地
把自己当成书中人
也不会傻乎乎地
学习书里的生活
当然更不会屈从于

书里布置好的情节
去充当该书的作者

一个好学生
一个好读者
应该站到这本书的肩膀上
这才是你
应该到达的高峰

无题

京心相助
是疫情期间
进京的旅客
必须下载填报的
一款小程序

精心相助
是说老眼昏花的我
求对面美女帮忙
美女很快就搞定了

惊心相助则是指
就在我向美女
道谢的一刹那
美女突然
咳嗽了几声

邢昊，原名邢少飞，1963年出生于山西襄垣。2011年到京。暂住立水桥。诗人、画家。在《诗刊》《星星》《北京文学》等文学杂志发表诗作千余首。诗作入选《新世纪诗典》《文学中国》《二十一世纪中国最佳诗歌》《中国诗歌排行榜》等六十余种选本。著有《人间灰尘》等诗集八部。北漂感言：北漂，使我学会了孤独。

异乡（三首）

鲁橹

把栏杆拍遍

清晨打开的窗户，有昨夜露水的气息
今日晨光的气息
——这相同的时日喂养的新一日
连蚂蚁也是新的，小黑虫也是
我不爬过栏杆给南瓜藤浇水
不清理露台的扬尘
它们就集体反对。它们
刺激我，鼓励一双勤奋的手

而我需要仰视。尘土爬上六楼
蜜蜂练习飞行，我长期喂食的麻雀
这群热闹的家伙，把头朝向我
我以为它们学会了汉语
却只是在铁栏杆上悬挂羽毛
脱胎换骨似的，扑进天空的旋涡

我放下拍遍栏杆的手
陡然生了一股豪情
这些不寻常的物什喂养着我
这不寻常的空气，我那么不寻常
走入每一日的生活
像个英雄

飞行术

多少个叠加的黎明。多少个向后退去的上坡路。
前方是无数个早晨，刚刚诞生，值得期许。

大路献出露水。树木献出芳香。
一迭声鸣叫的云雀，它们在我的右侧飞，渐渐高，渐渐无，
它们有更大的生活，需要挖掘蓝天。

我也有我自己的生活，不断从另一个清晨出发，
不断学习飞行术。

异乡

月亮光快要漏完了
知了的长短声挽留在枝丫间
黎明前的天空
星辰陌生，云端寂静
人间的马路尚未滚烫

多么希望有人喊我一声，门在身后
只需轻轻一推

鲁橹，女，籍贯湖南。20世纪70年代初出生。1999年开始北漂。先后在《湖南文学》《飞天》《十月》《人民文学》《诗刊》《北京文学》等刊物发表过作品，有诗多次入选年度诗选本。北漂感言：投这组诗时，我正准备起身离开青青居。我并未深爱，却依旧恋恋不舍。就像我寄居二十多年的北京。

我们生活的故事
安琪 2020-4-7

过冰心故居

周朝

那时候的杨桥一定布满青苔
石阶上也一定春水流长
不因季节停下翅膀的飞鸟
喊醒谢家宅院里最初的种子
让撒了一地的旧时光暗藏新意
脱俗的词语的箭镞
在穿透夜幕的途中擦亮橘色的灯火

今夜没有繁星也没有线装的书卷
只有散乱的人影驻足或者过往
一扇门一座城已经足够
让迢迢山水止步　修心　茫然
在被时间关闭的门前打临时的结
想起什么或者牢记什么都是矫情
玉壶犹在　斯人何处　风突然失语
半片空阔里安静的月光瞬间百年

周朝，原名刘林，出生于 1969 年 9 月。2010 年到京。诗人，作家，职业期刊人，传媒策划人，河南省作家协会会员。创作现代诗歌、历史散文、文学评论、文化随笔，在多家文艺报刊发表各类文学作品一百余万字，主要诗歌作品有《在敖鲁古雅》《金店古镇》《西藏，天堂的最后一道门》等。著有报告文学集《观照乡野》。北漂感言：北京，如同一个历练场，在这里，生长的疼痛、瞭望的孤寂、行走的战栗，都在岁月的底片上，刻下了深深的印痕。我走在这印痕里，像一个稼穑者，一年又一年，播下坚硬的种子……

黑色的垃圾袋（三首）

李国栋

黑色的垃圾袋

利用黑色的垃圾袋
两重，裹于下身
收留地铁口吹来的暖风
时间是一种进食的过程
酒池肉林的灯火是一种排泄的食物
她麦麸似的皱纹亲吻着雾霾

那黑色的垃圾袋翻滚着，吸收着热
吸收着地表的白色
吸收着我所有的羞耻、无能
倏而变成了一列失调的蒸汽火车
尖啸着穿过了我的身体

白色的玫瑰

她的身体开出了白色的玫瑰
偶尔还夹杂着一些红色的花蕊
和零落的枝杈
她的双手每天都会亲吻纸箱、瓶子
和一些可能的食物
她的身体飘零在断裂的时间里
飘零在巨大的齿轮外
飘零在冰凉的水柱下
任由那触目惊心的玫瑰
一点点地绽放
又一点点地将自己
吞食干净

老套的仓皇

都是孪生的复制品

分解酒精，分泌多巴胺
涂抹厚腻的粉底
接收红绿交接的射线，享受刺痛
玻璃碴子堆满路面
黄黄的月亮，像得了黄疸病
又是老套的存在：
纸醉金迷的青年
哆嗦着捡拾瓶子的老人
救护车的尖鸣

都一闪一闪地从酒吧面前
仓皇而过

李国栋，笔名沾泥，山东潍坊人，1992年9月生。2018年9月开始北漂。中国人民大学文学院博士研究生，文艺学专业。诗歌作品散见于《青春校园诗历·2019》《中国大学生诗歌年选·2018》《青年诗歌年鉴（2017年卷）》《华语诗歌双年展（2015—2016）》等诗歌选本。北漂感言：北漂，就是在另一种空间里寻找另一种生活的可能，另一种离根的形式。

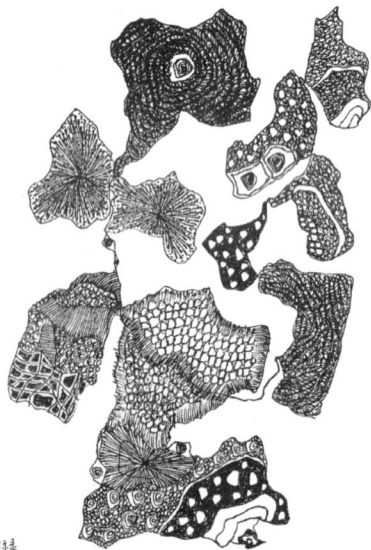

胡东锁（三首）

李玉辉

路

有时候，你需要站起身看看四周
否则，就会迷失在自己的低头里
不远处
是几棵高大的白色杨树，
还有一棵古老的
被砍去头颅的槐树，还有色彩
斑驳的凋枯的叶子，白蒙蒙的
是远方，或许我站起身，也终究
看不清楚远方，
远方真的有路吗？！
疏疏落落的行人
冬天北方的雪还没有来！

风景

小雪后，人大汇贤路边，
几棵柿子树上还生长着
火红的柿子，也有枯黑
的，凝视着匆忙的人群
山里的柿子树已经是公园里的景观
山里的孩子也已经是城市里的风景
曾经的红墙黑瓦的图书馆
也变成了路边的风景
只有一棵老树，落尽了叶子
在雪的凛冽里肆意舒展着自己
它的树身，是深渊的岩石

胡东锁

他倔强的灵魂
矗立在高高的脚手架上

像一面风旗
一列列火车从他的手掌穿过
搭架修桥是一道绚丽的技艺
却无法照亮他生存的尊严
脚丫子的臭
在列车厢里
从北京一直到了南宁
一只城市街道里蠕动的虫子

李玉辉，1983 年 1 月出生。修过路，当过教师。2018 年入京就读于中国人民大学。北漂
感言：北漂的感觉像一只远途在倾听的乌鸦。

子虚乌有的乡村

黑丰

此时大地很寂静
地上没有一些散散落落
参差不齐的茅草房
房前没有一只黑母鸡在草垛下安静地觅食
没有一只哈巴狗在洞里要打哈欠
村子仿佛走空了
没有两只脚在房子里一上一下地踏
稻场上没有一摞一摞的稻草垛
没有翅膀在天上轻轻地摇

忽然黄昏
到处通红通红

没有一个人在地上走
草垛间没有做了一半撂下的活计
没有一个人在村西头的古井边等待濯洗
没有一只公鸡扬起脖子打鸣
扬起脖子也没有人听见它的声音
没有一间茅草房矗起黑洞洞的烟囱
矗起的烟囱也忘了升起黄昏的炊烟
没有一间房子要关门
没有一只鸡想进笼
夜色忘记了这个村庄
月光忘记了这个村庄
记忆忘记了这个村庄

大地很寂静
没有一只鸡在草垛边安静地觅食
没有一条狗在地上跑来跑去
门洞开着
村庄开着
没有一个人在地上走

黑丰，1968 年 2 月 16 日生于湖北公安。诗人，作家。现为北京某文学刊物资深编辑。出版有诗集《空孕》《灰烬之上》《猫的两个夜晚》，小说集《第六种昏暗》《人在半地》，随笔集《寻索一种新的地粮》《一切的底部》等，作品被译成英、法、西班牙、罗马尼亚等多种文字。

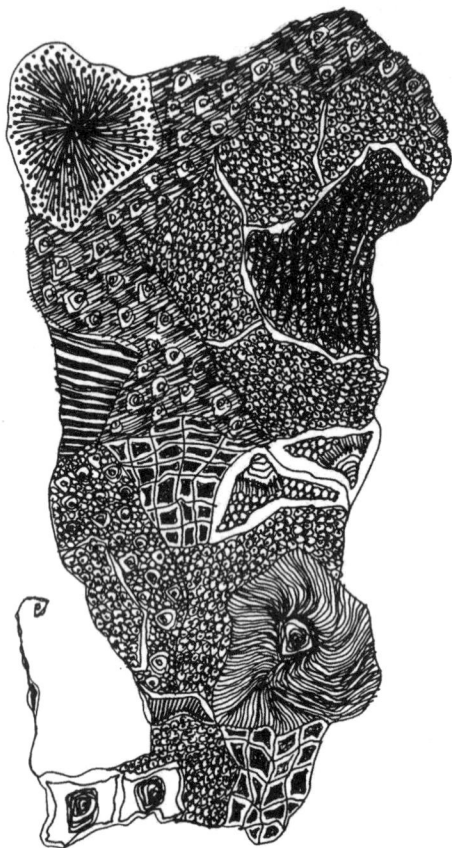

黄木木
安琪. 2020-10-10

寻人启事（三首）

陈巨飞

等待戈多

我为什么，
要做一个被放逐的人呢？
写字楼里，
我等待吐去嘴里的沙子。

晚上八点，
外省的快递员回到出租房。
莴苣等待菜刀的锋刃——
它所热爱的冒险游戏，
是在生活的铁锅里翻滚。

请告诉乌鸦和麻雀：举着火把，
就容易找到走失的山寺；
藏着心机，可以到星巴克谈一笔生意。

如果坐马车去芍药居，
送信的人，就不会消失于地铁。

寻人启事

墙角，电线杆，朋友圈，报纸中缝
有一则则寻人启事
走失的人没有回来
找他的人，也有可能走丢

走在南锣鼓巷大街上
看行色匆匆的人群
走丢的人
并不知道自己已经走丢
他们住在废墟里
把陌生人当成亲人

这么多人找不到家
却没有一则寻家启事，让人纳闷

慢火车

每次回乡，
我钟爱夜间行驶的慢火车。
卧铺里的交谈像是梦境，
一个临县的老人来北京探亲——
"我看见的天安门，
比电视里的要旧一些。"

我为死去的父亲感到幸运，
因为他的天安门还很新。

车厢里，逐渐只剩下鼾声，
铁轨在歌唱。
月亮追了过来，
恰好是童年时，
割我耳朵的那一只。

此刻，
孤独的星球里有一列火车，
火车里有我的伤口，
在隐隐作痛。
这些年，语言变成了快递，
而我的表达，
尚需剥去重重包裹的松塔。

清晨，在熟悉的地名里洗脸，
陌生人在镜中，
偷去一张逆时针的车票。
我无法补票，
也无法下车，
在越来越新的故乡，
我成为越来越旧的异乡人。

陈巨飞，1982 年 11 月生于安徽六安，2017 年初开始北漂。中国作家协会会员，安徽文学院签约作家，参加过第三十四届青春诗会、第九届十月诗会和第八届全国青创会。出版诗集《清风起》。曾获安徽诗歌奖、李杜诗歌奖、紫蓬新锐诗歌奖。北漂感言：北漂之前我似乎从未拥有故乡，北漂之后，我意识到我的故乡再也无法返回时，我成为有故乡的人。北漂四年，尝尽冷暖，所幸我还能在诗歌里实现纸上还乡。

史前文明的墨划
安祺 2020-4-15

疯语

枫灵

春日的阳化作四散的野花开了
不俯下身
就嗅不到花的呼吸

爱情是一道合不拢的屏
你不站在土丘上
就读不懂我的坚决和深情

荒谬像面包在发酵
林间摇动溪水声音
钟敲响了很多遍
有人听见
又像没听

举杯是泼洒新的愤恨
地还没有人打扫
迷途是一杯烈性毒药
我喝了它
昏迷不醒

枫灵，出生于1996年1月，2015年来京求学，现为北京一高校中文专业学生。自幼热爱文学，日常进行诗歌创作。北漂感言：北京于我，不是短短几年的求学之地，而是我未来会继续留下来的地方，是我下半生的归处，这里凝注了我的青春、理想与热爱，浸透着我的笑与泪的定格。

我站在北京城的高楼里（二首）

王成秀

我站在北京城的高楼里

我站在北京城的高楼里
远远望去
这轮清冷的月光
映着我远去尘土满面的家

心被囚锁
把这个家怎样打扫干净
我带着的孩子
说我不是她家里人

时光　我没有辜负你
把我的孩子变得已陌生

在这火热的日子里

在这火热的日子里
知了喊破了苍穹

我抱着别人的孩子
当着自己的

听孩子妈妈欢快的笑声
盖过知了的长鸣
冷风给她们吹不下零度

窗外栀子花散发着清纯的香味
厨房与客厅两个季节
葱姜不是菜在油锅"吱啦""吱啦"……疼痛地尖叫
溜出窗外的香味与花香汇合
定是不公的结论

王成秀，笔名寒雪，1970 年农历十一月生于河南省商城县观庙乡姚榜村，现在北京做家政。爱好文学，时常去皮村文学小组学习。北漂感言：北京在我眼里是个万花筒，五彩缤纷，真正体会是五味杂陈。

影子的宫殿
安琪 2020-7-28

巴勃罗·聂鲁达

鸿安

夜啊，你又一次淹没了我
像我百合香的女人
在黑色的河床上竭力发明火焰
我曾是石头中心的鹰巢
谢绝一切谷物和雾里的葡萄
白雪的子嗣攻陷冬天
使我的幽灵——那只空虚的鹰
吞下爱情如同吞没一场玫瑰的风暴
一口钟奉献它幽绿的锈迹，作为
时间的胃，不眠之物
纠集在密涅瓦的胸甲上
以短暂的爆裂回应远处的哀号
它已经忘了它被孵化的温度
据说那足以融化曙光的匕首
而我只沿灵魂的阶梯冷下去
冷成一个磨镜子的人
或者一双无魂的鹰眼
直到你捧来这最后的盐
砌成我唯一的爱人

鸿安，自称废庵居士。2016 年至 2020 年漂在北京。

花家地（二首）

王明苑

花家地

好像叩错了门，却被接纳
来到这里
四月的纽扣刚刚系好，一个短短的下午
嗫嚅着些许陌生的字句
把迟疑，从酒仙桥撒向将台路口
（虎将勒马上将台？）
年轻的面庞复制同一种表情，一种表演和应付
低头时，鞋子们擦着肩膀注视

好像从长长的午睡中醒来
因为小心翼翼
却最终踩住春天的裙摆，引起注意
回头，它询问结局和意义
只能说悖论中开出劳作的花朵
雨天的出租车上，曾眼睁睁送走它
幸好雨伞未曾忘记
一日一日，亲历朝代更迭的降临

好像一场盛大狂欢的开始
日光萎靡，归途的人栖息在杨树脚下
它的种子落在地上，我们肩膀上
花家地是村庄里，耕牛衔着枚小小的月亮
来来往往之间，许多个我们最终聚在一起
低低地哼着滋味的歌儿
翘首等那叶翩翩的船

看见很多积满灰尘的书

在所有的习以为常里，你看不见它
看不见它
但是当阳光，阳光打过来

316

它们就突然被镌刻，在黑色的镜面
让虚幻的自我蒙尘
似熠熠的勋章，感到了否定的荒谬

灰尘和一瞬在某些时刻契合
那时在窗边，闪起了零星的树雨
细碎、微小的片刻投进眼波，这是起锚的时刻
拉扯起风中的旗，透明的一面
要悄悄，悄悄地注视

这空空的旗帜，是毫无凭借地矗立
倏尔又化作灰尘，覆盖了泛黄纸张上的黑字
去何处寻找我们的永恒？
看看，看看这铅字
它包括了死亡，或者熠熠的灰尘

王明苑，1996年生人，2014年来京。对外经济贸易大学中国语言文学院硕士在读。北漂感言：虽生长于巴渝，但北京之于我更像是精神原乡，我的诗歌创作就是在这里开始的。"北漂"对我来说意味着一种更丰富精神生活的可能性，北京这个巨大的城市，陌生却又因陌生而引人入胜。我的足迹所至，所见所思所感，构成了我诗歌体验的来源。

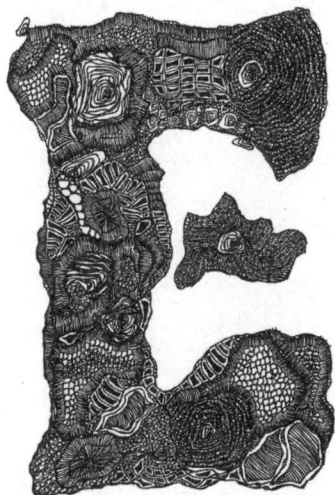

2020 的雪（三首）

林夕子

问

海豚离开了爱它的大海
蔚蓝离开了相依的天空
这是我们要的
还是我们爱的
雾霾的天空哭给谁
淅淅沥沥谁在听

高楼驱逐着村庄
口罩遮盖了双眼
这是我们要的
还是我们爱的
高楼收割泡沫
病毒在沉默中蔓延

我们要如何存在
你的存在我的存在
我们要怎样去爱
爱自己爱这个世界
我们要怎样去要
要富足要阳光
那生命里的阳光温暖

2020 的雪

2020 的雪
掩饰不住的慌张
树在风里拥向这
拥向那
瘦弱得要被风拔起

看不见的雪飘着
落在上一场雪上

若无其事的背后

天空若无其事
没有蓝没有阳光
没有乌云没有闪电

白不是白
天不是天

一切的一切
在若无其事的背后

林夕子，本名胡茜，1967 年生人，2019 年 5 月开始北漂。原创音乐人（词曲唱）、画家、诗人，二级心理咨询师。北漂感言：少了家乡的味道，也收获了许多相同感受、相同爱好的朋友，在相互关爱、相互欣赏、相互包容、相互促进中面对岁月。

土木学（三首）

刘智军

沉浸

所谓的空，是山林
所谓的静，是鸟鸣
山泉冲走了异乡的尘埃
身心干净。我站上儿时的石头
看泉水冲洗我的影子
常常沉浸于此
渐渐忘却远方

土木学

饿了，吃泥土里长的粮食
困了，睡木头做的床
有求了，向木头和泥塑的佛磕头

踩着泥土，骂烂泥扶不上墙
烧着木头，骂朽木不可雕

死了，抱紧我们的
还是泥土和木头

清明

落叶覆盖落叶，坟茔挨着坟茔
父亲点燃纸钱，念着我们的名字
祈求先祖的庇佑
曾祖父和他的父母兄弟、冤家仇敌
在此比邻而居
墓碑上，刻有他们的名字，和生死日期
中间那漫长的一生，只字未提
他们的相貌与生平，下落不明

百年之后，我亦归尘
熟知我的人——离场
这悲喜交集的一生，无人谈起
生死外，尘埃间，空无一物
如星辰间虚无辽阔
想到这，我收回了拍打衣服的手
搬出胸中巨石，轻轻放下

刘智军，1983年11月生于湖南邵阳，2007年开始北漂。北漂感言：北京，这个城市的
道路太硬，我走了十几年，没有踩出一个脚印。

辽阔夜晚的回音/冷琪
2020-4-25

一个和另一个（三首）

马泽平

物语系列之野菊

造物安排给我的使命是爱你
像爱一束野菊，
在暮秋，北京的街头，我和你一起等待
一种卡夫卡式的小说语言。
我相信它会在雨水中
打开，呈椭圆形，向外围辐射
足够支撑我们从共同的命运当中剥离。
但我并不是你手中
最后一张底牌，
我的使命是像野菊一样，以纤细的纹路
发出声音。我并不奢求你
读懂这似是而非的几句
我愿意再次被误解：
我在这人世，每一天，诵读的每一行都是情诗。

一个和另一个

一个人会不会在另一个人
走失的山路上旅行
提着同样的灯笼，
也穿马靴，
偶尔学三两回
布谷鸟鸣。
一个人究竟会以多少种姿势
想念另一个人
当白雪就要
像月光一样覆盖山岗
和起伏的松林。
涛声源自于阅读
这古老典籍
记载过一个人越来越轻的

灵魂。那些细节
突然安静下来
像旅行，不可具体描述。
在某日早晨，
一个人和另一个人
有了同样的生辰
交织、重叠
像一对孤单的影子
隔着松林，
与时光对峙。
甚至从来都不需要
侵入彼此身体
没有什么会比内心的鸟鸣
更有意义。

写给飞白的十四行

我利用一个上午的时间整理卧室
我得在天黑以前补充好
需要添置的物件
木质花架，棉芯被，以及几本地方志。
我觉察到自己
还陷在早些时候酿就的旋涡中
多病的肉体像是暴风雨抛在巨浪里的
一叶孤舟。
夜还很漫长，我常常疑惑，我的朋友
你最先厌倦的是什么
我曾一个人
独坐深山，看夕阳掠过荞麦地，落向你的城市。
我似乎在刹那间醒悟过
落日也和我们一样，有着欲言又止的悲伤。

马泽平，回族，1985 年生，宁夏同心人。中国作家协会会员，鲁迅文学院第 31 期少数民族作家高研班（诗歌班）学员，曾参加《诗刊》社第 35 届青春诗会。著有诗集《欢歌》。

戊戌除夕（五首）

高致庸

归乡

每一个节日都直抵肠胃
千山万水的距离
也跑不出一腔脏腑
转过身
背后即是故乡
生硬的泪水
攒作归乡的盘缠

盗梦

春风温煦
头上顶着浓云
逼百花献媚
唆使泥雨将其悉数凌辱
冬天与暴君结怨
从此四季皆成冬季

西山一声早炸的雷
把猪脑细胞打碎
乘一骑白驹检阅过往
潜入它的梦里盗走梦想

站在草原望北京

烈酒严阵以待
陪酒的汉子蓄势待发
旅游的季节，草是多余的
一碗酒，就足以放倒一片草原

四季留守的蒙古马
成了历史的注脚

与征服无关
如一个浓缩的象形符号
背对荣光

草原的夜晚不需要歌声
不需要赞美的颂词
甚至也不需要那一碗酒
静静的就已经满满的

北京太远了
我站在这片草原
只能望见另一片草原

戊戌除夕

四九天的风
底气最足
可以让每一根枯草
交出夏天的秘密

车灯如两眼深井
蝌蚪簇拥在尽头
计划为没有褪去的尾巴
劫持光明

小年

从朝阳路出发
肩扛着阳光一路往北
名义上四环比三环多一环
其实是胖了一大圈

北京的年压得沉稳
不会提前就过于鼓噪
没有雪又怎样
无非就像做的梦
自己缺席罢了

过了燕山

就是朔北塞上
出了杜家坎
心就飞过雁门关

如同站在草原
便开始忘记草原
拐入中轴线
路标就放弃了方向

　　高致庸，媒体人、制片人、国内某著名企业集团高管。工作生活在北京二十余年。曾策划组织多起国家级、省部级文化推广活动；出品出版影视、图书、音像制品十余部；发表诗歌、杂文、随笔等二百多篇。

一切陷腐之外
安琪 2020-9-10

针车（四首）

张小云

不给面子

新一波疫情以来
出小区刷脸不成功
再近一点
还是滴滴滴的急促声
我的脸面出现在对话屏
我的名字下面还有一行红字
"禁止通行"

停车券

出茶城卡口时
停下来找免费停车券
"你将门堵住了"
收费员不在收费岗
他坐在凉快的大门边
手拿遥控早将门闸升起
"我在找券呢"
他这回坐不住了起身来催
伏在车窗边说
"上次出门就知道你有券"
坐在右驾驶位的朋友笑了
"你的脑子停车了
人家头壳里可装着大数据"

针车

母亲很在意到哪儿
得有架针车也就是缝纫机
念叨最多牌子是"蝴蝶"和"蜜蜂"
为哄她来京我便淘来一部旧货

听说有了针车母亲便问起细节
"是新蝴蝶还是老无敌"
我被问蒙了。赶紧岔开话头
买的是脚踏的不是手摇的

"那有配针车油吗"
听我说连储油罐都是原厂的
她便笑了，带撒娇似的提要求
"到北京你要帮我穿针哦"

三过焦庄

第一次经过是前年
看到村边名贵木材市场已经围上
保安说虽说名贵也是低端
所有摊子有的撤有的往河北搬

第二次经过已是大晚上
村里已经黑黑一片
外围有些店铺像开着但没有客人

第三次经过就是今天
村沿由一圈蓝色铁片围着
铁片后面堆起的小山长满了灌木
路口变形的指示牌写着
焦广土

张小云，厦门人，1999 年来京。作家。作品收入《中国现代主义诗群大观 1986—1988》《中间代诗全集》《新世纪诗典》等。著有诗集《我去过冬天》《够不着》《现代汉语读本》《北京类型》等。北漂感言：来北京二十年，对她充满感情。这感情来自各种感觉，来自时间的累积。当然，累积的源头是在北京遇到的各种各样的人——不管是老北京，还是籍贯外地但生长在北京的北京人，或是不断移动的北漂们。

附录

童话一种
安琪 2020-5-9

为心中志想：《北漂诗篇》

张利群

　　《北漂诗篇》已经搁在我书桌好多天了，虽还没有开始细细阅读，却已在安琪每天的微信上率先欣赏到了好几篇该书读后感。一直记得画家徐冬青在向我推荐诗人冯欣的诗书时，半开玩笑地告诫我，读诗以前先洗手。知道是一句玩笑，但其话语背后有一种力量，画家擅留白，诗人讲气节。面对《北漂诗篇》这样正能量的诗选，即使还没读，我心已被感染。这便是诗的力量。

　　通过收入此书的诗作，让我看到了北漂们"身在路途时，心在修行中"的身影。每一个北漂族，背井离乡，视远方他乡为故乡，抛小家，寻大家，弃安逸，苦求索，只为心中志想、心灵安宁。明知沙尘裹身，明知前路漫漫，却依旧以身相试，前赴后继，大有一种沧桑悲凉，却又极度乐观的浪漫主义情怀。

　　地下室、阁楼是他们的象征性居所。漂泊、动荡，是他们的生活常态。但就是这些人，写出了一首又一首动人的诗篇。只有他们想不到的，没有他们做不到的。因为他们已经形成一股飓风，可以席卷风云。在这些诗歌"范雨素"身上，我们看到无数个无名者犹如春天的种芽，在尘沙里破土而出，崭露头角，谱写生命的乐章。

2020 年 5 月 10 日

张利群，1966 年出生。收藏家，艺术鉴赏家，现居张家港。

诗史新地景之《北漂诗篇》与北漂诗人群

徐蓓

　　《北漂诗篇》正以一年一卷的毅力将一个全新的诗人群体逐渐带入大众的视野，三年来该诗集共收录了282位北漂诗人的1115首诗歌，形成了不断壮大的、数量可观的北漂诗人群，集中展示出他们的诗歌创作情况，同时向大众呈现出北漂诗人的生活百态。作为终日奋斗的大多数人的诗歌，《北漂诗篇》的出现或许提醒了我们，大多数人不是不能作诗，只要递上一支笔，他们便能同"贵族的"诗人一样，"以热烈的感情浸润宇宙间底事事物物而令其理想化，再把这些心象具体化了而谱之于只有心能领受底音乐"①，《北漂诗篇》以诗歌展露出"当代中国社会丰富的文化诉求和创造性的文化想象"②，在平民诗歌这个理想道路上愈进一步。更值得关注的是，这是北漂群体首次大规模进入诗歌事件，与打工诗歌不同，北漂诗人群身份构成更为复杂，内容题材相应更为广阔，且由于共享一个文化氛围和意象群，展现出一定的地域特色，丰富了中国民间诗歌地理；但与地方性诗人群体相比，北漂诗人群地域更广，不存在一个共同的"主义"或诗歌追求，但因"漂泊"在北京这一城市而形成了独特的诗歌气质，加之其诗人的数量之巨，诗歌内容的范围之广，涉及的社会生活之深，使得《北漂诗篇》与北漂诗人群成为一个值得关注的诗歌事件，构成诗史时间轴上又一值得勘探的大型地景之一。

　　北漂诗人群的诗作主要收录于中国言实出版社出版的三卷《北漂诗篇》中，集中体现了北漂诗人群的文化、文学面貌，也是当前北漂诗人群最重要的研究资料。谈及"做北漂"的原因，主编师力斌说："我和安琪，包括中国言实出版社，可能都出于一种发掘新文化的意识，把目光投向北漂，它首先是我们社会的重要存在，其次是一个有文化、有成就、有精神价值的群体，值得我们学习借鉴，这是最为根本的动力。"实际上，我们的确无法忽视，这样一个诗歌群体这些作品或许会颠覆或重塑"北漂"在大众眼中的形象，因为他们更代表着当今社会上一种普遍的漂泊生存状态。这是一本纯然属于北漂诗人的诗集：从诗歌、编排到插画、封面都有北漂诗人的亲自参与；收录标准更是跳出"圈子意识"，面向全体北漂人群。读者借此得以窥见更为丰富的北漂诗人群的整体风貌。

　　《北漂诗篇》是关于漂泊的诗，"漂泊"正代表了相当一部分人的生存状态，社会上存在着诸如"横漂""沪漂""粤漂"等漂泊族，这些漂泊者们在城市建设中成为一股重要力量，也不可避免地参与到城市文化的构建中。不同于城镇居民，他们缺少实然的公民权利，外来人口的社会融合不仅在经济、政治上是困难的，在文化、社会关系的融合中也呈现弱势，在城市中表现出显著的群落特点。根据北京市统计局公布的数据，截至2019年年底，北京常住外来人口745.6万人，尽管比上年减少19万人，这个数字依然占2019年北京市常住人口比重的34.6%。在这样的背景下，北漂诗人群体的创作在社会文化意义上无疑是重大的。对

---

① 康白情，《新诗底我见》，《少年中国》一卷9期，1920年。

② 师力斌，《北漂诗篇》序言，中国言实出版社，2017年。

于历史学家们来说，"思考我们所书写的历史，不仅意味着去理解我们是如何思考历史的，而且也意味着去明白我们赋予历史对象以何种地位"①，而对于文学史的编写者来说，"北漂诗歌"是否进入、如何进入文学史也意味着编写者如何定位"北漂诗歌"。从诗史的丰富性的角度考虑，北漂不仅是漂泊族的典型代表，也从诗歌地理的层面上丰富了文学的复杂特性，展现出北漂一族独特的精神文化面貌；从时代性来看，"北漂诗歌"作为庞大的北漂一族集中的文化表达，则以极具风格的语言和内容承载了独特的时代价值与文化意义，试图带动一种新的文化风向。诚如《北漂诗篇》序中所言："北漂诗歌是个空白。这个空白应该填补。"②这样的填补应该同时发生在文化与文学层面上。

在长久的文化表达缺失的环境下，北漂诗人在面对一个公开表达的机会时，展现出个人化的北漂生活经验，总体呈现出北漂诗人群对北京的复杂情感态度和北漂诗人的丰富面貌。北京对于北漂来说既是理想又是现实，既是异乡又是归处。在《北漂诗篇》中，很多诗人在北漂感言中直接表达了对北京的情感，或痛苦或留恋，或不羁或不堪。相对而言，诗歌中的表达有着更丰富的变化，这些感受往往不是单一的，周青以黑色幽默的方式塑造了一个悲剧北漂者："刚接过烤红薯 / 城管就把摊掀了 / 短暂的沉默 / 人群开始哄抢 / 滚落一地的红薯 / 我递过零钱 / 认命 / 或许再晚一点 / 我就可以吃免费烤红薯 / 那年我刚来梦想之都。"（《第一课》）孙殿英写出在迷茫中漂泊，在摸索中坚定的北漂者："我就这样走走看看 / 我就这样走走停停 / 走着走着 / 逐渐清晰出我自己 / 走着走着 / 就有了我心里认识的北京。"（《走在北京》）张华写出了一个隐忍的北漂者："偶尔，在大饭店显摆一次 / 有了面子。心，却疼了很久。"（《打工人的生活味道》）马文秀写的是一个孤独而自由的北漂灵魂："孤独的人 / 将流浪的生活定义为奔波 / 让'匆忙'来掩饰每一个崩溃的瞬间。"《大年三十》……几乎每一首诗里都有一个不尽相同的北漂者形象，他们却几乎被一个巨大的名词"北漂"掩盖了面目。尽管这些诗处处是被理想化后的诗料，它们至少再现了北漂诗人们较为完整的北京想象，将北漂者与北京这个城市联系起来，尽量还原真实的北漂生活。整个北漂诗群合力完成了一项令人惊喜的"任务"：用最个人化的表达承载了最深厚的历史和社会意义。

更多的北漂诗人在诗中表达着异乡情绪与乡愁。在北京，带着外乡人的骄傲而生活是困难的，异客的情绪使诗人们对身份尤其敏感，张后的"外乡人染着尘土的馨香 / 很容易在人群之中辨别出来"（《外乡人》），小海的"而今我三十二岁 / 忽地想想自己的身份 / 我身份不明 / 是学生 / 是工人 / 还是一个依然在做梦的 / 不入流的诗人"（《一个不称职农民工的自白》）等，无不体现出对身份的焦虑广泛存在于北漂诗人群中。这是漂泊一族摆脱不掉的印记，它们记录着一代人的生活状态，敏感而多情的北漂诗人在主体认同缺失和生活压力的双重焦虑下，以诗歌作为表达的窗口，抒发着北漂一代的心声。这些诗人对自己漂泊的现状有清楚的认知，对北京存在复杂而亲切的感情。外乡人之所以"很容易在人群之中辨别出来"更多是北漂者的自我认知，主体的漂泊状态使异乡情绪始终围绕着诗人自身。在这样的异乡情绪中，"乡愁"的主题在北漂诗歌中占有独特的地位。在《北漂诗篇》里，乡愁的表达往往和对亲人的思念有关，阎松《稳定的父亲》诗两首，鲁克的《稻谷深沉》都是写给父母的诗，"第一次给你搓背，我就搓到了你的骨头 / 干瘪的父亲啊，我要怎样的轻柔 / 才能不让

---

① ［法］雷蒙·阿隆，《历史意识的维度》，董子云译，华东师范大学出版社，2017年，第7页。
② 师力斌，《北漂诗篇》序言，中国言实出版社，2017年。

自己的灵魂，痛出声来……"这是鲁克《给父亲洗澡》的段末两句，也是北漂者对故乡的思念、对亲人的愧疚，是生活苦难的慰藉，也宣告着北漂者的决绝。在安琪写给故乡的诗歌中，文本中过于炽热的感情几乎快要透过文字灼伤眼睛，"我肯定不是良家妇女 / 我肯定不是良家妇女否则就不会 / 背井离乡 / 我应该守着故乡红砖墙和雨水浸润出的 / 黑褐屋檐 / 生一个女儿抚育她成长 / 生一群乱跑乱叫的梦想"（《故乡雨大依旧》），"芗城区 / 芗是我中午的白米饭 / 早晚的稀粥 / 芗曾经是我的饭碗芗城区 / 浦南中学、芗城区文化馆 / 芗 / 我曾活在你的草字头上 / 也曾活在你的乡字音上"（《芗》）。"故乡"对于北漂诗人来说是痛和爱的交织，也是长着羽翼轻飘的诗神的化身。

《北漂诗篇》使得北漂文化、北漂诗人群的群体面貌及对北京的文化想象得以公开，但《北漂诗篇》并不仅仅在文化意义上，在文学上也给出了新的可能。在 2017 年的序言中，师力斌曾强调自己注重的是"北京"想象，对其他的意义空间则很少关注，但在 2018 年的序言中，他以极大的热情细数了诗集中那些带来惊喜的诗歌。北漂从来不缺好诗，周青的诗歌极具故事性和精心设计的反讽，不避讳现实的黑暗，不掩饰简单的快乐，在极平实的口语诗歌中，描写着生活，字词之间留下思考的余晖。牧野在《浮游的乡愁》中用陌生而新奇的意象写出北漂者的乡愁，"它在天空上的 / 一朵最白的白云之上 / 口中念叨着 / 白云浮游的乡愁 / 我看见了它 / 我喊它：跳下来 / 它趴在浮云的边缘 / 像水塘边喝水的家猫 / 脖子伸得老长"。这里还有一大批成熟的诗人：车前子的诗歌带着孤独的先锋气质，在北漂诗歌中自成一派，"运气到地中海 / 波涛汹涌，师傅的船 / 覆没 / 我并没爱上真理"（《地中海》），莫笑愚、大枪、老巢等人的诗歌则将怀旧的生活气息和澎湃的诗意结合。安琪经手了前后三卷所有北漂诗篇来稿，"每有让我惊叹的诗我就会发在群里，发到朋友圈"，感慨"许多人其实已写得一手好诗，却默默无闻，我总是为他们叫屈"[1]。《北漂诗篇》是北漂诗人最初的展示台，是北漂诗歌生长的摇篮，是见证诗人成长的重要材料。

聚焦于"北漂"一族，《北漂诗篇》容纳了极具讨论价值的社会热点，蕴含着雄壮的诗歌力量和可能。北漂诗人群是极富创造力且具有凝聚力的诗人群体，它包含的一批新生力量和对生活的深刻体验带来的未知的诗歌方向。唐晓渡曾提出要终结"时间神话"，单一的时间向度会使进化论时间观带来的时间的焦虑掩盖文学内服的复杂特性[2]，北漂诗歌以其空间性和漂泊诗歌的典型性，或许能为当代诗歌带来新的发展维度，其内部广阔的生态环境和复杂的诗歌景观还有待于去勘探，但可以肯定的是，《北漂诗篇》与北漂诗人群作为诗史新地景之一，需要更多的关注和耐心。

徐蓓，1998 年出生于江西上饶，2015 年赴京求学至今。首都师范大学文学学士，中国社会科学院研究生院研究生在读，有评论见《诗刊》，有诗歌入选《北漂诗篇》《中国女诗人诗选 2019 年卷》。

---

[1] 安琪，《北漂诗篇》后记，中国言实出版社，2019 年。
[2] 唐晓渡，《时间神话的终结》，《文艺争鸣》，1995 年第 2 期。

后记 | 最具力量和诗意的部分

安琪

还记得那一日，师力斌老师往北漂群发了一张照片，点开一看，是中国言实出版社授予《北漂诗篇》"25 周年最具影响力的丛书、书系"的奖状，群里一阵激动，大家纷纷下载转发到自己的朋友圈，仿佛于此嗅到了一缕气息：这一部诗选将会不断地出版下去。这真是北漂诗人的福音！

编辑到第四卷时我有了一个发现，有这么一批诗人平时从未见他们在各类报纸杂志发表作品，却在《北漂诗篇》编选时踊跃投稿，我能叫出名字的有：冷宇飞红、沈亦然、张华、张小云、牧野、老巢、刘不伟、李川李不川……这是一批特别有个性的诗人，忙于自己的生计，写着一些外人轻易见不到的诗，他们的诗和他们的人一样，因为不求发表反而有了独异的特质。我注意着他们，哪一卷看不到他们就会催一催，他们也从来不会让我失望。譬如这回，沈亦然又贡献出了她歇斯底里的爱情诗，这个渴望爱情的女人，被才华之火烧得激情洋溢，写诗、画画都泼辣、癫狂、蛮横得动人心魄！她 2020 年的第一首诗是写给爱情的，在她眼里，爱情就是一架战斗机，但却在空洞地哀号。沈亦然又一次证明了，无所顾忌的人才能把爱情诗写出反常规的艳丽。编《北漂诗篇》，在我是年度大餐，好诗一首接一首涌现，吃撑了时便只好停一停，歇几天。当然我也不会独享，总是会把它们发到群里、发到圈上供朋友们一起赏鉴。我还记得赵琼《替补》一诗引发的一片点赞，诗中有一处唯有当兵经历才能写出的细节——

扣枪的食指 / 已经离开了身体 / 不得不让，从没触碰过扳机的 / 中指 / 替补上阵

这是躲在书斋里的人写不出的诗句，真实得令人心疼、心惊。身为军人，书写军营、书写热血一直是赵琼诗作的重要母题，它们与赵琼的乡村诗写作构成双璧。乡村诗有农家子弟的质朴和淳厚，军旅诗则有军人的责任和刚强，同时也不乏温暖的战友情。作为《北漂诗篇》作者中为数不多的现役军人，赵琼入选本书的诗作主要以军旅诗为主。

每一年的《北漂诗篇》都有许多新人加盟，他们或者以前不知道投稿，或者系新晋加盟北漂，他们丰富、壮大了北漂的队伍，也带来了新的阅读感受。且以项建新为例，这个"为你诵读"APP 的创办者，他的理想是让诵读像卡拉 OK 一样谁都可以，我也曾下载过他的"为你诵读"并录制过多首诗作。这次他投来一组，每一首都有堪称奇异的切入角度，他吃小银鱼会想到小银鱼的母亲知不知道小银鱼的死活，他被一滴雨滴到会想到这滴雨曾经滴过帝王将相和农夫孩子，他从井里的月亮想到"光明有时也会被锁进黑暗里"。我曾经说过，人与诗、诗与诗的相识才是真正的相识，从这个角度而言，我是这回编选项建新的诗才认识他的。对徐书遐也是如此，她退休后到京和女儿一起生活，由此步入北漂队伍，此番她的诗作也使我对她重新认识，其中一首《出入证》从今年因疫情而冒出的众多新概念中选取了"出入证"这个关键词，先是实写出入证在进入小区的作用，第二段突然引到了生死，死者在天堂没有出入证也就回不到人间了。如此联想，出乎意料又自然而然，可谓高妙。

北漂诗人们都还记得，2020 年 1 月 9 日，《北漂诗篇（第三卷）》新书发布会暨读者见面会在它的娘家中国言实出版社热热闹闹地举办。中国言实出版社社长王昕朋在致辞中表示："《北漂诗篇》以其鲜明的定位、独特的个性、深刻的思想、丰富的内容，在当代中国诗坛占有一席之地，受到诗歌界和社会广泛关注和好评。不论是激情澎湃，不论是哲思精妙，不论是静夜悄吟，都是诗人们对文明的渴望，对生活的洞察，对时代的思索，燃放着赤诚炽热的理想之火，激荡着奔腾豪迈的时代脉搏，是北漂诗人们寻梦、追梦、圆梦的足音。"四十多位诗人现场朗诵了自己入选《北漂诗篇（第三卷）》的诗作，并向广大读者分享了自己的创作灵感和心路历程。谁也想不到，那次聚会成为 2020 年上半年最盛大的一次诗之倾诉。之后，全球便突然被一种恐怖病毒袭击，那病毒名为"新型冠状病毒"。犹记举国动员，一省包一市调集医护工作者逆行奔赴湖北抗疫第一线的壮举。将近半年的奋战，中国，终于截住了新型冠状病毒的汹汹步伐，社会生活渐渐恢复正常。在这场艰难和凶险面前，北漂诗人们没有沉默，他们用手中的笔，哀悼逝者、歌咏英雄，本书特意收入王彬诗作《留一盏灯》《最美的人逆行而上》，它们曾刊登于《中国艺术报》抗疫专版。记录时代，留存历史，应当也是诗的使命。

作为中国当代文学史上第一部北漂诗人年选，《北漂诗篇》的编选已经进入了第四个年头，正如青年学者徐蓓所言，"聚焦于北漂一族，《北漂诗篇》容纳了极具讨论价值的社会热点，蕴含着雄壮的诗歌力量和可能。北漂诗人群是极富创造力且具有凝聚力的诗人群体，它包含的一批新生力量和对生活的深刻体验带来的是未知的诗歌方向。"据我所知，应首都师范大学吴思敬教授邀请，《北漂诗篇》主编师力斌正全力以赴调研、撰写一部反映北漂诗人的"学案"文章。汇聚每一位北漂诗人身上最具力量和诗意的部分，我愿意做这项光荣而有意义的工作，一年又一年。

2020 年 12 月 25 日，北京不厌居